Loubna Abidar
Marion Van Renterghem

La dangereuse

Stock

Couverture Atelier Didier Thimonier
Portrait de l'auteur : © Benjamin Colombel
Loubna Abidar est habillée par Jean's and Blue

ISBN 978-2-234-08122-2

Pour Luna et Noémie,
nos filles

Avant-propos

Toutes les femmes sont des putes

À deux reprises, lorsque nous relisions ensemble les épreuves de ce livre, je me suis aperçue que Loubna pleurait. Ses larmes coulaient sur le chapitre sept. Impassible, silencieuse, la tête fixée sur les pages, elle se retrouvait face à son père, premier homme de sa vie à tous les sens du terme et pour le pire. Le père noir sur blanc, la violence absolue, la terreur, l'effroi, la haine, le dégoût, mais aussi l'origine de la révolte et de la guerre par lesquelles elle s'est construite. Plus loin, au chapitre quinze, Loubna s'est remise à pleurer. « L'agression ». Elle en porte encore une trace sur l'arcade sourcilière gauche. Dans un hammam à Marrakech, alors que nous étions assises toutes nues, côte à côte, à nous badigeonner de savon noir et à nous asperger chacune la tête de seaux d'eau chaude, je ne pouvais m'empêcher de détailler son corps blessé. Un corps à lire comme le livre d'histoire d'une femme d'aujourd'hui. Les cicatrices de Loubna Abidar.

*

Le 5 novembre 2015, en sortant de la gare de Casablanca, Loubna Abidar se fait tabasser par un groupe d'hommes qui l'ont reconnue. Les cliniques où elle demande à se faire soigner, le visage en sang, refusent de la recevoir. Au commissariat, les policiers l'accueillent par des moqueries. Le lendemain matin, elle fait sa valise, dit au revoir à son mari et à leur petite fille, part pour l'aéroport et prend le premier avion pour la France.

Sa faute ? Avoir osé incarner une prostituée au cinéma. Dans *Much Loved*, du réalisateur franco-marocain Nabil Ayouch, elle joue magistralement le rôle principal, celui de Noha, jeune femme de tête et de cœur qui mène comme elle le peut sa vie de prostituée marocaine. En mai 2015, le film est sélectionné au Festival de Cannes dans la Quinzaine des réalisateurs et présenté en avant-première. Au Maroc, c'est le scandale. Les autorités dénoncent « un outrage grave aux valeurs morales et à la femme marocaine, et une atteinte flagrante à l'image du royaume ». Le cauchemar commence.

Le 26 février 2016, elle marche sur le tapis rouge du théâtre parisien du Châtelet, en smoking pantalon Yves Saint Laurent. La petite fille pauvre de la médina de Marrakech est l'une des sept femmes nominées pour le César de la meilleure actrice, aux côtés d'Isabelle Huppert, Catherine Deneuve ou Catherine Frot, qui emporte le trophée. Loubna obtient mieux qu'une récompense : elle reçoit les honneurs de la soirée. Le réalisateur Philippe Faucon lui rend un hommage public au moment de remporter son César du meilleur film. L'humoriste Florence Foresti, la maîtresse de cérémonie, lui consacre un sketch hilarant qu'elle nomme « le concept de maternelle ». À grand renfort de gestes et de mimiques, elle rappelle cette règle élémentaire : la fiction… n'est pas… (avec le doigt et la bouche qui font « Non ») la réalité ! Un méchant au cinéma peut être gentil en vrai ! Une actrice n'est pas dans la vie la personne qu'elle joue dans le film ! Rires, applaudissements. La caméra braquée sur le visage ému de Loubna Abidar, assise dans la salle, en gros plan. L'hommage de la France où l'actrice s'est réfugiée pour y vivre et la reconnaissance internationale de son talent sont autant d'affronts à ses détracteurs.

Elle dérange. Trop libre. Trop franche. Trop femme. Jamais elle ne baisse les yeux, jamais elle ne retient ses mots. Au Maroc, elle est méprisée, insultée, physiquement agressée, menacée de mort dans les médias, sur les réseaux sociaux et par les hommes de son pays. Le cinéma qui l'a sortie de l'enfer de son enfance s'est refermé sur elle comme un piège, la réduisant à l'objet de ses rôles. « Abidar » est devenu une insulte, un gros mot. Celle qui ose briser des tabous sur la nudité, la prostitution, le poids des traditions et du mensonge, renvoie à sa vérité une société qui infantilise les femmes, les dénigre et les utilise. À elle seule, elle est le miroir qui gêne, qui perturbe, qui affole. D'où son surnom : « Abidar la dangereuse ».

Loubna Abidar est l'incarnation d'une résistance. Le symbole de toutes les femmes que la tradition patriarcale, misogyne et machiste divise en deux catégories : les pures et les putes. Une femme qui montre son corps est une pute. Une femme qui parle de son corps est une pute. Une femme qui prend la parole est une pute. Une femme qui tient tête est une pute. Une femme qui a du plaisir est une pute. Une femme qui éprouve de l'amour est une pute. Une femme qui dit non à un homme est une pute. Une femme qui revendique sa liberté est une pute. Une femme qui est une femme est une pute. Toutes les femmes sont des putes.

Ce livre raconte la vie d'une femme dans un monde d'hommes. Il révèle l'hypocrisie fondamentale de la culture arabo-méditerranéo-musulmane, à l'instar des autres coutumes et religions lorsqu'elles sont observées selon des dogmes ancestraux. L'interdiction du sexe, et l'obsession du sexe. L'obligation de virginité jusqu'au mariage, et la banalité du viol familial avant le mariage. Le mépris des prostituées, et le commerce à grande échelle de la prostitution. L'idéalisation de la femme, et l'asservissement des femmes. La négation des homosexuels, et la pratique courante de l'homosexualité.

Le regain actuel de l'islamisme et le fondamentalisme qui gangrène nos sociétés donnent à ces contradictions une vigueur nouvelle. « Il y a dix ans, je n'aurais pas été agressée au Maroc pour avoir joué le même rôle dans le même film, affirme l'actrice. Si je l'ai été, ce n'est pas à cause de la religion musulmane, ce n'est pas à cause des traditions musulmanes, c'est à cause du nouvel islam. » Merci Loubna de ne pas te taire.

M.V.R.

1

Au hammam

Ne rien oublier. Les bassines pour commencer, et puis le reste dedans. Les tapis en plastique. Les gobelets pour s'arroser. Les tongs… Bon. Maintenant le savon noir, le shampoing, les gants qui grattent, la crème à épiler, la pierre ponce pour la corne des pieds, les œufs, le miel et le henné pour le visage, les restes de légumes de la semaine pour faire un masque sur la tête. Qu'est-ce que j'oublie encore ? Ah oui, le citron. Le citron à presser à la fin sur la peau et les cheveux. Voilà, je crois qu'on peut y aller.

Vous ne connaissez pas le hammam, vous les Françaises. Le vrai, je veux dire. Pour les femmes marocaines, le hammam c'est comme aller chez un psy, c'est le grand bain du corps et de l'esprit, une à deux fois par semaine. On y va pour se laver, on y va pour se parler, se vider, enlever tout le stress du quotidien et la saleté de nos hommes. Ce n'est pas une affaire de douillettes, c'est une expédition. Rassembler tout le matériel fait partie du rituel. J'adore ce temps perdu, et ce sentiment qu'on se prépare à un très long voyage. Heureusement qu'il existe ce refuge au Maroc, cette cachette magique qui s'appelle le hammam.

Celui de mon quartier est à peu près la seule sortie que je m'autorise sans me déguiser. J'y ai mes habitudes depuis que j'ai acheté ma maison en 2009 dans le secteur résidentiel et plutôt chic de Targa, à Marrakech. C'est à dix minutes en voiture. Je n'ai qu'à fourrer l'équipement dans le coffre et à me trouver un chauffeur car je n'ai jamais réussi à conduire. Personne ni rien ne m'importune, à part le regard des trois types qui se sont attribué le contrôle du stationnement dans la rue voisine de l'établissement. Ils sont assis à ne rien faire et quand on s'engouffre dans la rue pour se garer, je vois leurs regards et leurs bouches qui chuchotent. Je ne supporte plus cette manière de m'observer, je ne supporte plus les yeux de certains Marocains sur moi. J'ai commencé une guerre contre ces millions d'yeux qui ne comprennent pas ce qui leur arrive. À ces trois-là, qui s'occupent de placer les voitures devant le hammam et me dévisagent comme s'ils me déshabillaient, je leur parle à voix haute pour me défouler, enfermée dans ma voiture, sans qu'ils puissent m'entendre : « Oui, oui, c'est ça, regardez-moi ! Je suis Loubna Abidar ! Là, vous êtes contents ? » Non, ils n'ont pas l'air contents.

À l'intérieur, je me sens mieux tout de suite. Je connais les employées depuis longtemps, elles sont gentilles avec moi, jamais elles ne me jugent, jamais elles ne me parlent mal. J'aime le hammam pour ça aussi, parce que personne ne fait attention à personne. Il y a la vieille habillée en noir, toute ridée, avec un tatouage sur le front, des leggings noirs, une tunique noire et un voile noir sur la tête, qui est ma préférée pour le gommage. Elle s'appelle Fatima. « La Fatima », comme disent ses copines, parce qu'elle est âgée et qu'on la respecte.

Ça va et ça vient, les dames s'agitent dans la vapeur, des jeunes et des vieilles ont leur voile sur la tête, d'autres non. Tout le monde parle fort et les conversations en arabe s'entremêlent dans un boucan d'échos en cascade, avec les pelletées d'eau, les tatanes des employées, ces chaussures en plastique qui claquent sur le sol carrelé.

Les sens s'endorment agréablement. On se tartine, on s'asperge, on se retartine, on s'asperge encore dans un mouvement mécanique et perpétuel, à en oublier qu'il existe aussi un monde au-dehors. Il y a toujours une dame en tatane pour remettre de l'eau chaude à l'infini dans les seaux vides.

Je m'allonge sur mon tapis en plastique et La Fatima s'agenouille à mes côtés. Elle me frotte le dos de toutes ses forces, gommant mes peaux mortes. J'ai le visage face au sol, posé sur les avant-bras, et nous discutons comme ça. Elle m'asperge. Et puis elle s'asperge avec ce qui reste d'eau dans le seau. Elle me demande comment ça va, ma vie, ma fille, le cinéma. Je connais toute son histoire, et celle des autres. En me lavant, elles se racontent et j'adore ça. Il y a aussi les clientes du hammam qui viennent passer là trois ou quatre heures avec leurs enfants, et qui n'arrêtent pas de bavarder. Je peux rester longtemps à les observer et à les écouter. Les problèmes des autres me font oublier les miens dans la vapeur, dans le vacarme de l'eau, dans ce lieu si important de la culture marocaine.

Au hammam, un corps n'a pas de secrets. Je suis toute nue avec mes cicatrices. Mes cicatrices sont un livre ouvert, un livre de coups, un manuel d'histoire de moi-même.

J'ai toutes sortes de cicatrices, plus ou moins bien cachées. Les brûlures de cigarettes sont un peu parties avec le temps mais celle qui avait tourné au furoncle, juste au-dessus de ma poitrine, était si moche qu'un coup de chirurgie esthétique a bien arrangé l'affaire. Il me reste une balafre sur le bras gauche. Ça, c'était avec le couvercle brûlant d'un plat à tagine. Celle sur le torse, en haut à droite, je ne sais plus avec quoi c'était. Cette autre qui me traverse une partie du front non plus. Il m'a si souvent frappée... C'est comme dans un film de karaté. Quand tu te retrouves balancée contre la table et que, trois secondes après, tu cognes une fenêtre, à la fin du combat tu ne sais plus ce qui t'est arrivé. Il y a les traces de brûlures sur mes jambes aussi. Au hammam, en m'épilant, je m'amuse toujours à les chercher mais elles ont un peu disparu.

Des coups, il y en a eu tellement. De toutes mes blessures il y a celle, plus profonde, qui ne se voit pas. Celle que portent tant de jeunes filles du monde arabo-musulman où la virginité exigée par les hommes avant le mariage est d'autant plus hypocrite que les pères, quand ce ne sont pas les frères ou les oncles, sont parfois ceux-là mêmes qui la déflorent. À cette blessure, la plus terrible, et à toutes mes premières marques de petite fille sont venues s'ajouter de plus récentes. Les dernières datent du 5 novembre 2015, quand je suis sortie de la gare de Casablanca. Je les garderai peut-être longtemps aussi, au-dessus du nez et sur l'arcade sourcilière gauche.

Devant la glace, je regarde souvent mes cicatrices. J'ai besoin de les toucher, de les sentir. Les traces du père et des autres hommes. Ces mêmes traces qu'ont les femmes rencontrées dans le hammam, blessées elles aussi, prostituées souvent, que j'ai écoutées et dont j'ai appris le langage. Ces cicatrices, j'en ai eu honte longtemps. Lors du tournage de *Much Loved*, c'était difficile pour moi de les montrer mais le réalisateur Nabil Ayouch m'a appris à les aimer. Maintenant, quand je suis triste, je me déshabille, et face au miroir, j'effleure mes cicatrices. Elles me rappellent mon enfance. Elles m'encouragent pour avancer et c'est pour ça que je ne veux pas les faire toutes effacer par la chirurgie. J'ai besoin d'en garder quelques-unes. Elles me donnent ma force.

2

La catastrophe

La catastrophe a commencé quand je suis sortie du ventre de ma mère.

Il était convenu et décidé que je serais un garçon. Il ne pouvait en être autrement, inch'Allah. Ma mère tombe enceinte. La naissance approche. Ce fils qui s'apprête à venir au monde sera leur porte-bonheur, ils en sont sûrs. Et c'est moi qui arrive.

Mes parents sont déçus. L'accouchement a lieu le 20 septembre 1985 à 12 heures 30, un vendredi, chez ma grand-mère maternelle. Son riad est situé dans un beau quartier de la médina de Marrakech, le quartier historique de la ville. Ma mère est installée dans une chambre à l'étage avec une sage-femme. Il fait très chaud. Tout se passe normalement, sauf mon entrée en scène : je ne crie pas. Je dois crier, c'est ainsi qu'il est prescrit de débuter dans la vie. Alors, la sage-femme s'empare d'une bouteille d'eau glacée et la vide sur moi. Ça marche, je crie comme il faut, mais l'eau froide provoque en prime une infection des amygdales qui me poursuit encore aujourd'hui. Après cette entrée ratée dans l'existence, mes premiers jours ne sont qu'une succession de piqûres pour me remettre sur le droit chemin. L'eau glacée, les injections, la douleur, l'absence d'amour en retour de la déception que j'apportais, voilà le cadeau que m'a offert le ventre maternel. Être un échec pour la seule raison qu'on est une femme, c'est la première leçon que j'ai reçue.

J'étais pourtant attendue comme un espoir car une autre catastrophe me précédait : ma mère est arabe et mon père, amazigh (prononcer « amazir »). Un Amazigh est ce que vous appelez un Berbère, mais le mot berbère est un terme méprisant qui vient de « barbare » et que seuls utilisent ceux qui ne les respectent pas, en particulier leurs voisins les Arabes. Donc, une mère arabe, un père berbère : autant dire que c'était mal parti pour faire un bon mariage. Au Maroc, les Arabes considèrent les Amazighs comme des gens des montagnes, sauvages, cons et barbares. Les Amazighs considèrent les Arabes comme des gens des plaines, sauvages, cons et barbares. Les Amazighs sont les premiers habitants du pays, les Arabes leur ont pris le pouvoir. Depuis, ils vivent ensemble et se mélangent tout en continuant à se mépriser les uns les autres de manière absurde. Les Amazighs refusent de combiner leur sang avec celui des Arabes, les Arabes trouvent ridicules les traditions des Amazighs, leur musique, leur cuisine, leurs costumes lors des fêtes de mariage, leur accent. J'ai toujours détesté ça. Ces bêtises, ces rumeurs, ces mensonges avec lesquels j'ai grandi m'ont fait beaucoup de mal. Aujourd'hui, j'aimerais soumettre mon arbre généalogique à ces idiots : ma grand-mère maternelle, fille d'une Arabe et d'un Amazigh, était amazigh puisque la transmission se fait par le père. Elle s'est mariée avec un Arabe et leur fille – ma mère – est donc arabe. Et moi, là-dedans, la petite qui arrive d'un autre mélange avec son père Amazigh, je me fais traiter d'Amazigh par les Arabes et ça continue. Qu'est-ce qu'on fabrique à s'occuper de qui est arabe, amazigh, juif, chrétien, musulman ? Les Marocains feraient mieux de penser à améliorer leurs vies et leur pays, de croire à ce qu'ils veulent, de laisser les autres en paix et de méditer sur la liberté.

Mes parents se rencontrent donc dans ce contexte. C'est en 1983. Ils souhaitent avoir un enfant avec l'idée que, si c'est un garçon – et ce ne pourra être qu'un garçon –, il suffira à amadouer leurs familles respectives, à leur faire accepter cette situation impossible et ainsi à résoudre une partie de leurs problèmes. C'est raté. Je suis leur ratage. Les ennuis programmés avant ma naissance par leur mauvaise alliance ne font qu'empirer à cause de moi. Résumons : pour les Arabes, je suis une fille de Berbère. Pour les Berbères, je suis une fille d'Arabe. Dans les deux cas, je suis une fille. Ça ne va pas. Je ne suis pas comme ils veulent. Je ne suis pas ce qu'ils veulent. La catastrophe, c'est moi.

La médina de Marrakech, ce dédale de ruelles où bat le cœur de la ville, est notre point de départ commun. Je suis née et j'ai grandi là où ma mère est née et a grandi avant moi, dans le riad de ma grand-mère, près de la résidence royale. L'ambiance est différente aujourd'hui mais, de son temps comme du mien, tout ce quartier de la vieille ville est comme une immense maison, les portes de la casbah sont comme celles qui séparent des salons. Tout le monde te connaît, te protège. On vit dans une même grande famille, les enfants sont les enfants de tous les parents, les parents ceux de tous les enfants. Il est inimaginable que ton voisin n'ait pas un toit pour dormir ou de quoi manger, aussitôt il vient chez toi, et naturellement tu l'accueilles. Quand un jeune se marie, il n'est pas un habitant du quartier qui puisse concevoir de ne pas contribuer à la fête avec des cadeaux et de la nourriture. Quand tu vois passer une voisine avec un seau pour le hammam, tu lui demandes d'emmener ton fils ou ta cousine pour les laver et elle le fait avec plaisir. Quand je pars pour l'école, des femmes m'interpellent pour que je leur rapporte de la pâte à pain à cuire ensuite dans le four et elles ne me disent pas « s'il te plaît » : ce n'est pas un service que je suis censée leur concéder, c'est un ordre, c'est normal, je leur embrasse la main et je reviens avec la pâte. Et si je ne trouve personne de retour de l'école, je peux entrer comme tout le monde dans n'importe quelle maison pour faire mes devoirs ou regarder la télé, les portes sont ouvertes.

J'adore cette ambiance. Il y a toujours une agitation et un bruit incroyables, jamais ça ne se calme. Même quand tu es triste tu ne peux pas l'être vraiment, tu ne te sens jamais seule. Pendant les fêtes religieuses, c'est la folie. Avant d'égorger les moutons le jour de l'Aïd, il se passe trois ou quatre semaines où tous les jeunes du quartier se transforment en marchands d'oignons, de charbon et de friandises pour gagner de quoi nourrir les moutons. Les hommes aiguisent les couteaux, les femmes redécorent leurs salons et achètent des tapis, des vases, des plats, des esquisses qui viennent de Chine, d'Inde, d'Arabie saoudite, de partout. Tout le monde achète tout sans interruption dans la joie et l'excitation.

Ma mère aimait la casbah de Marrakech autant que moi. La vie était bien partie pour elle. Elle allait à l'école dans le quartier, elle vivait dans une famille de riches commerçants arabes, négociants en viandes. Le seul fait de contempler les photos d'elle petite me plonge dans un mélange de mélancolie et de révolte. Cette jeune fille promise à la gaieté a été arrêtée dans son envol, par la force de traditions obscures. Ma mère, Btissam Elmajahed. Elle est jolie, très brune, avec ces grands yeux marron comme les hommes arabes les apprécient. Elle est coquette, aime visiblement se maquiller mais s'habille simplement, comme toutes les filles de l'époque. Sur l'un de ces clichés, à l'occasion d'une fête, elle porte une robe artisanale de couleur orange que j'ai rachetée depuis à une tante et qui revient à la mode. Mais le plus souvent, elle est vêtue d'une tunique de coton par-dessus un pantalon. Un voile lui couvre la tête sans descendre jusqu'au cou, des boucles d'oreilles en or dessinent des feuilles d'arbre de part et d'autre de son visage. Ses pieds sont nus et très sales.

Elle a quatorze ans, ses boucles d'oreilles et ses pieds tout sales ce jour où ses parents l'appellent. Elle est en train de jouer à la marelle avec ses cousines, sur la terrasse du riad :

– Btissam, descends, il y a ton mari qui veut te voir !

– Attends, maman, je finis ma partie !

En descendant, elle dit bonjour au monsieur. Elle ignore que le stade de la présentation est déjà dépassé : ses parents discutent de la préparation de la fête de mariage, prévue dès le lendemain. Le monsieur est officier dans l'armée. Les deux familles se connaissent et son père à lui a eu l'occasion d'apprécier la manière dont il était reçu à déjeuner. Il dit un jour au père de ma mère : « Chaque fois qu'on vient chez toi, nous sommes bien gâtés. J'aimerais que tu me donnes une de tes filles pour mon fils. » Mon grand-père réfléchit un moment. Laquelle ? Il récapitule. Il a trois garçons et cinq filles, il les passe en revue dans sa tête et répond : « Je te donne Btissam. »

Ma future maman n'a pas le choix, son mari non plus. Il n'est pas du tout séduit par elle et réciproquement. Il est grand, maigre, assez moche. C'est un homme d'une trentaine d'années, moderne, qui a fait de longues études et habite la capitale, Rabat. Elle est élevée dans la tradition, les fêtes, les vacances à la ferme ou dans les montagnes. À table, elle ne sait pas se servir des couverts. Pour elle, qui a grandi dans une famille riche mais sans éducation, avoir de l'argent signifie manger beaucoup de viande et en offrir aux pauvres, s'habiller avec des dorures, donner des fêtes mémorables. Lui est d'un milieu distingué, il voyage souvent, prend son café au réveil en lisant le journal. Le décalage est énorme. Ils n'ont rien à faire ensemble. Et ma pauvre mère ne comprend pas ce qui lui arrive.

Maman pleure quand elle me raconte cette époque. Elle devait se réveiller à 6 heures du matin, avec les bonnes, afin de prendre soin de la maison. Lui se moquait d'elle et la traitait mal quand il la voyait, c'est-à-dire peu car il se déplaçait sans cesse. La belle-famille la rejetait aussi. Avec ses quatorze ans et son ignorance des codes de ce monde aisé, rien de ce qu'elle faisait n'était jugé convenable. Ni le ménage, ni la cuisine, ni le service. Au bout de deux ans, son mari la répudie. C'est fini et un autre enfer commence pour elle car, au Maroc, une femme divorcée est une pute. Forcément. À seize ans, ma mère n'a pas eu le temps d'entamer sa vie d'adulte qu'elle est déjà une proscrite.

La voici de retour chez ses parents. Avec la honte d'elle-même et leur mépris. Sa seule chance de survie est de chercher une victime qui la sortira de cette misère et la victime, elle la trouve : c'est mon papa. Dans la casbah de l'époque, comme je l'ai dit, tout le monde parle avec tout le monde, les rencontres sont faciles. Ma mère fait du secrétariat dans la permanence d'un parti politique dont le local est situé dans la médina. Mon père ne fiche déjà rien – il n'a jamais travaillé de sa vie – et pour s'occuper il passe les journées chez son frère qui tient une grande boutique de matériel de construction dans le quartier. Il y a du monde, c'est distrayant, alors il reste assis dehors sur le pas de la porte à ne rien faire. Chaque jour, une jolie jeune femme arpente la rue devant la boutique en allant à son bureau. Ils se mettent à se dire bonjour et à bavarder. Elle lui explique sa situation.

Nous sommes en 1983. Il a trois ans de moins qu'elle. Il faut reconnaître qu'il est plutôt beau. J'ai du mal à le croire quand on voit ce qu'il est devenu, mais la photo que j'ai de lui montre un homme barbu au visage fin et élégant. Ses yeux noirs écarquillés lui donnent un air un peu fou. Ma mère aurait pu se méfier mais elle ne veut pas voir cette folie à l'époque. Bien au contraire, elle est attendrie par le fait que pour la gâter il demande de l'argent à son frère, alors qu'il n'en a pas lui-même. Elle le trouve merveilleusement gentil. Ils décident de se marier, sachant que le contrat entre eux est clair : pour elle, la femme divorcée, c'est un moyen de se sauver de chez ses parents et d'échapper à leur mépris. Pour lui, qui ne sait rien faire, c'est l'occasion d'avoir une belle épouse, d'un bon milieu et qui, s'imagine-t-il, saura le loger et le nourrir. Là, il se trompe. Mon grand-père maternel – le négociant en viandes – a beau être très généreux, il ne transige pas avec les codes et les coutumes. À ses yeux, sa fille l'a déshonoré en étant divorcée d'un Arabe et remariée avec un Amazigh, lequel, circonstance aggravante, est plus jeune qu'elle. Il ne consent à lui octroyer que 50 dirhams chaque mardi pour aller au hammam et, en plus, un kilo de viande. Pour une répudiée, c'est déjà beaucoup. Il faut lui dire merci.

Dans sa famille amazigh, mon père vit une histoire symétrique, bien qu'il ait sur ma mère l'avantage considérable d'être un homme. Les Amazighs sont traditionnellement de grands marchands dans notre pays et la famille paternelle ne déroge pas à la règle. Ce sont des grossistes spécialisés dans la vente de farine, riz, sucre et huile d'olive. Mon grand-père donne tout à mes oncles : logement, cadeaux, emploi dans sa société. Mon père, lui, n'a rien. Lui aussi déshonore paraît-il son clan en épousant une Arabe, divorcée donc pas vierge, et plus âgée que lui.

Mes parents se marient fin 1983. Ni mosquée ni fête : seulement au tribunal, devant un juge. Tristement. Ils louent une petite maison tout près de chez ma grand-mère maternelle. Il n'y a qu'une chambre collée à une cuisine et un salon minuscule, accessible par un escalier raide. C'est sinistre. À peine ont-ils emménagé que mon père se métamorphose. D'attentionné et généreux, il devient haineux et violent. Est-ce la déception et la honte qui l'enragent ? Il se met à frapper maman.

Moi, j'arrive dans ce bazar. Mes parents élaborent un plan stratégique censé apporter une solution à leurs malheurs : le fils qu'ils auront ensemble et qui sera amazigh – puisque chez nous c'est le père qui transmet la filiation – obligera de facto la famille paternelle amazigh à accepter et à accueillir sa belle-fille arabe. C'est tout bête mais il fallait y penser et ils se félicitent de leur trouvaille.

On connaît la suite. Ce n'est pas un garçon, c'est moi, et c'est la catastrophe. Mes parents dépités retournent chez eux avec leur bébé raté. Maman pleure tous les soirs. Elle m'en veut. Son seul rêve était d'avoir une maison à elle et ma naissance a gâché tout espoir d'en obtenir une. « Une maison à moi ! » « Une maison à moi ! » Elle répète ça sans cesse, c'est son obsession. Mon père, totalement inapte à fournir le moindre effort, ne fait que fumer du shit jour et nuit. À force de ne pas payer le loyer, ils doivent quitter leur logement et partir vivre chez ma grand-mère, là même où je suis née, dans la médina. C'est un riad très spacieux, avec une dizaine de pièces autour d'un patio intérieur, mais nous n'avons droit qu'à un coin dans une chambre. Maman, toujours punie, est non seulement battue par son compagnon, mais maltraitée par sa propre famille.

De leur côté, les parents de mon père refusent de nous voir. J'ai quatre ans la première fois que j'ai le droit de mettre les pieds chez eux alors qu'ils habitent à deux pas de chez nous, également dans la médina. Je revois cette première fois comme si c'était hier. D'abord cette maison amazigh qui me semble bizarre parce qu'elle ne ressemble pas du tout à celle de ma grand-mère. Elle est divisée en deux, avec une partie pour les hommes, une partie pour les femmes, et est à peine décorée. Dans une pièce je tombe sur mon grand-père à genoux sur son tapis, de dos. Il fait sa prière. Il ne se retourne pas. J'attends. Quand il s'aperçoit enfin que je suis là, il m'observe un bon moment et je l'observe moi aussi. Je le trouve beau mais il ne m'intimide pas parce qu'il est très petit et qu'il n'a pas de barbe. Les barbes m'ont toujours fait peur quand j'étais enfant. À vrai dire, elles me font peur encore maintenant. Surtout maintenant. On échange un regard et tout d'un coup je lui crie : « Donne-moi de l'argent ! » Ça le fait sourire. Il sort vingt centimes de dirhams. Je jette un coup d'œil à sa pièce et je croise les bras en faisant non de la tête.

– Non, je veux beaucoup, beaucoup plus !

– Beaucoup plus ? Et pour quoi faire ?

– Je dois acheter une maison pour ma maman !

Il reste stupéfait, puis il va la chercher et lui dit : « Ta fille est très intelligente pour son âge. Vous avez de la chance. Elle m'a convaincu. Je vais vous donner une maison. » De la part d'un Amazigh envers une Arabe, c'était un geste incroyable. Dans cette famille, hommes et femmes, tout le monde s'acharnait à faire souffrir ma mère pour lui faire payer d'être elle-même.

Voilà comment je me suis retrouvée pauvre dans des familles riches. Élevée dans l'obscurité et les traditions alors que tout en moi me poussait vers la liberté et la lumière. Pour les uns et les autres j'étais soit une Arabe, soit une Berbère, et jamais dans le bon sens. Toute ma vie pour me sortir de là est une guerre qui a commencé avant moi.

3

Les rêves

« *Roriba ! Roriba !* » Je me revois au milieu de la place Jemaa el-Fna, mon plat de gâteaux à la main. J'ai huit ans, je suis assise par terre dans un tourbillon d'avaleurs de feu, de marchands de tapis, de touristes, de saltimbanques, de mendiants, de diseuses de bonne aventure. À tous les passants je propose ces « *roriba* » luisants d'huile sucrée que j'ai fait cuire chez moi un peu avant. Les touristes s'arrêtent, me regardent gentiment comme une jeune Marocaine pauvre et exotique des années quatre-vingt-dix. En échange de mes gâteaux, ils me donnent de gros billets et un sourire. J'incline la tête, je joins les mains, je dis merci. On ne peut pas savoir qui je suis car pour ma fierté je me suis mis plein de noir autour des yeux et j'ai rabattu mon voile au-dessus de ma bouche. L'idée que la famille ou les voisins puissent me reconnaître me ferait trop honte. Je vends en cachette ce que je cuisine aussi discrètement, dans le seul but d'être un peu moins battue le soir et de rapporter à mon père de quoi se fournir en haschich et en cigarettes. Il ne travaille pas et il a de gros besoins. Peu lui importe de savoir comment je me débrouille : si je n'ai pas assez le soir, il me frappe. Quand j'ai de la chance, il me reste de quoi acheter du chocolat, des bonbons, du shampoing, des petites culottes. Comme nous sommes pauvres, ma mère acquiert le minimum pour manger et le savon noir pour le hammam. Mais tout ce qui n'est pas considéré comme essentiel, on n'ose pas le réclamer. Par honte, toujours. Les culottes, les soutiens-gorge, ces choses-là, si tu ne les obtiens pas de ta mère ou qu'une femme de ta famille ne pense pas à te les offrir, tu ne peux les demander à personne.

À cette époque, j'habite chez ma grand-mère. En réalité je n'ai presque jamais vécu chez mes parents. Peu après la catastrophe de ma naissance, avant qu'ils ne se fassent offrir une maison par mon grand-père paternel, ils n'ont pas les moyens de me nourrir et je suis envoyée chez mes grands-parents maternels, dans leur riad de la médina. Mes parents n'habitent pas loin, je vais souvent les voir en touriste. Ils ne communiquent entre eux qu'en criant, et mon père ne sait parler à ma mère qu'en la battant. Il trouve aussi le temps de me tyranniser avec l'argent que je dois lui apporter en douce.

Les rêves sont mon activité préférée. Je m'y abandonne dans un endroit précis, dans la ferme de mes grands-parents où nous passons les vacances d'été. C'est un vaste corps de ferme composé de deux bâtiments, sur la route d'Essaouira, la ville du bord de mer. Quand tu fais le tour, tu tombes sur un hangar où sont entreposées les machines, les huiles, les vaches, sans compter le bassin servant d'abreuvoir. On y nage souvent. C'est notre piscine. Tout est immense ici. Les bâtiments, le hangar, le pré des vaches, le pré des moutons, les champs d'oliviers et d'abricotiers. Ma grand-mère inspecte avec mon grand-père les abricots qu'ils exportent en Europe. Moi j'aime m'aventurer au-delà des arbres, là où sont les pastèques et les vignes. Je mange les raisins sans les laver, avec leur goût de terre, en m'allongeant à même le sol entre les branches des ceps dont j'imagine qu'ils sont ma cabane personnelle.

Quand vient la nuit, avec mes cousines, on joue à rêver. Dans le pré des moutons, il y a un coin tout vert, un tapis de luzerne. On s'allonge là, on scrute les étoiles puis chacune en choisit une et fait un vœu. Moi je refuse toujours d'en choisir une, parce qu'elles ne me semblent pas si intéressantes ni capables d'exaucer mes vœux. Ce qu'il y a derrière les étoiles me semble plus magique que les étoiles. Et parmi les astres que je suis capable de voir, la lune est à mes yeux plus belle et plus précieuse encore. J'ai de longues discussions avec la lune, en la contemplant étendue de tout mon long dans le pré des moutons. Avec elle, je passe en revue tout ce qui me fait horreur dans ma vie et je lui demande si ce sera différent. Je lui dis : « Lune, est-ce que tu peux venir dans mes rêves et me faire vivre une autre vie, ou est-ce que je resterai toujours ici ? Est-ce que je vais me marier avec un mec qui élève des moutons et avoir des enfants et devenir grosse et moche ? Est-ce que je serai toujours frappée par mon père comme une merde ? » La lune me répond non. Elle me comprend. C'est pour cela que plus tard je donnerai ce prénom à ma fille : Luna.

S'il y a un couple sur terre qui me donne l'illusion que le bonheur est possible, c'est bien celui de mes grands-parents. Ma grand-mère, Sadia, est une femme heureuse et folle amoureuse de son mari. Il s'adresse à elle en l'appelant « *Lalla Sadia* », princesse Sadia. Et elle à lui par ce vocable respecteux : « Sidi ». Monsieur. Comme s'il était pour elle une sorte de sultan magnifique. Je trouve ça très beau. Nous, nous les appelons respectivement Mama Hadja et Ba Hanini. Il y a beaucoup d'amour dans leurs yeux quand ils s'adressent l'un à l'autre. Mon grand-père est si jaloux qu'il ne l'autorise pas à sortir de la maison en dehors de cas exceptionnels mais, en guise de compensation, il lui offre tout ce qu'elle veut. Pour notre bonheur à nous, les filles, les couturiers et autres marchands défilent dans le riad, à la demande de Mama Hadja qui déploie les tissus dans le salon pour se donner l'illusion d'être au souk, elle qui n'a pas le droit de s'y promener. Et quand il lui arrive de devoir se déplacer, elle appelle une calèche qui vient la chercher devant la porte, pour éviter de marcher dans la rue et de provoquer le courroux de son mari. L'une de nos expéditions préférées, avec mes cousines, est de l'accompagner quand elle rend visite à sa mère, qui habite Sidi Youssef, à l'extérieur de la casbah. Elle fait venir cinq ou six calèches chez nous et on se précipite pour s'entasser à l'arrière dès qu'elles arrivent. C'est la fête. La contrepartie que ma grand-mère nous impose en échange de ce voyage nous amuse énormément : sur la route, nous devons nous arrêter devant différentes maisons, frapper aux portes et distribuer des cadeaux : des djellabas, de l'argent, de la nourriture. Comme nous sommes riches, nous explique-t-elle, c'est notre devoir de visiter les familles, de les gâter, surtout à l'approche de l'Aïd. Je suis fière de me sentir riche et d'être celle qui donne.

Le hammam « pour nous toutes seules » est un autre luxe que Mama Hadja se fait offrir et nous fait partager. À Marrakech, chaque quartier a le sien et celui dit de la casbah, à cent mètres du riad, est le nôtre. Mais Ba Hanini, mon grand-père, n'aime pas l'idée que son épouse adorée, sa princesse Sadia, se lave avec les autres femmes, elle qui doit être traitée comme une femme riche, précieuse et importante. Il a trouvé la solution : tous les vendredis soir, il privatise le hammam pour elle. Au passage, il n'oublie pas de se faire plaisir en instaurant cette coutume dont il a fixé les règles à sa convenance : c'est lui qui « inaugure » le hammam vide ! Il entre le premier avec ma grand-mère, elle le déshabille, le lave et le rhabille comme un enfant. Nous, on attend dehors. Quand il sort, on a le droit de rentrer. Et on attaque !

Il y a énormément d'excitation car toutes les filles et femmes de la maison sont là : mes cousines, ma mère, ses copines, celles de ma grand-mère, et des voisines. On n'est jamais moins d'une vingtaine et c'est un moment sacré entre nous. On a apporté du thé, du café, des gâteaux, de quoi passer plusieurs heures, de la fin d'après-midi au soir tard. On se déshabille, on déballe tout, on mange, on se raconte des blagues, on rigole, on dit des gros mots, on se donne des conseils, on se tartine les unes les autres avec du henné et des crèmes, on chante au milieu des bains. Le hammam et ses salles en enfilade deviennent notre palais à nous. Ici, chaque vendredi soir, toutes les interdictions sont abolies. Jusqu'à ce que vienne l'heure de se rhabiller et d'affronter dehors la nuit froide, je profite de cette image heureuse où nous dansons toutes nues, nos foulards coquettement placés sur nos têtes, chacune ayant choisi sa couleur préférée. Moi c'est toujours le bleu. Ces filles avec leurs voiles de toutes les couleurs qui dansent dans le hammam, on dirait un tableau de danseuses indiennes. Je reste habitée par ce souvenir.

Avec le recul, je me dis que les moments passés chez ma grand-mère, c'est la parenthèse joyeuse de mon enfance. La vie entre filles. On est tout un tas de cousines, auxquelles sont venues s'ajouter les filles de voisins pauvres que ma grand-mère a prises sous son aile et nos trois cousins Adil, Amine et Zacharia. Les pauvres, ils sont largement dépassés en nombre par la bande des filles : Asma, Saana, Sondous, Rachida, Fatima, Afsa, Ilhem, les deux Hannan, moi, ma tante Malika, ma tante Zahira, réparties en trois groupes d'âges. La première génération est née à la fin des années soixante-dix, la deuxième autour de 1980. Dans la troisième, millésime 1985, nous sommes trois : Asma, Adil et moi. Mes cousines ne se gênent pas pour m'utiliser comme souffre-douleur, parce que je suis la benjamine et que je reste pour toujours une bâtarde, « la fille du Berbère », comme elles disent. Je fais le double ou le triple du travail parce que la maison est immense et qu'elles se débrouillent pour se décharger sur moi des tâches ménagères. Elles profitent allègrement de leur position de force et se moquent de moi, mais ça m'est égal. On dort toutes dans une même grande chambre, on s'occupe du riad, on se tient chaud. On n'a pas le droit de sortir en dehors de l'école mais la vie est joyeuse, il y a toujours beaucoup de monde, la décoration est luxueuse avec des tapis, des miroirs, des meubles de marque faits par des artisans qui fournissent le roi et j'ai l'impression d'être moi aussi une princesse. Au rez-de-chaussée, il y a un gigantesque salon, d'autres plus petits, la cuisine et la pièce avec des congélateurs où l'on range les gâteaux, les amandes, les dattes, les huiles. Le premier étage est une mezzanine qui court tout autour du riad en dominant le salon du bas comme un patio. En retrait derrière la balustrade sont arrangés d'autres salons et des chambres, dont celle de mes grands-parents et la nôtre. L'oncle Saïd est logé au deuxième étage, où se trouvent la terrasse, une cuisine, d'autres chambres encore. Quand il est question de faire le ménage, ça m'énerve que le riad soit si spacieux car le travail n'est jamais fini. L'avantage est que chacun peut vivre de son côté. Et nous, les filles, on a nos cachettes.

Chez nous, il y a tout le temps des fêtes. À croire que ma grand-mère s'en est fait une spécialité. Pour celle de l'Aïd après un mois de ramadan, on organise un repas somptueux. De nombreux enfants du quartier viennent embrasser mes grands-parents, se faire offrir des sucreries, des jus de fruits et un peu d'argent. Les femmes viennent aussi, on partage le thé, le café, les gâteaux. Les mariages sont plus fatigants parce que la tradition veut que ça dure toute une semaine et on travaille quinze jours avant pour préparer, quinze jours après pour nettoyer. Trois dames s'activent en cuisine mais c'est surtout à nous, les filles, que reviennent ces préparatifs. Ma grand-mère est la princesse, elle ne fait jamais rien, à une exception : une fois par an, c'est elle qui confectionne le tagine, pour fêter la saison des olives. Ce jour-là, elle s'assoit dans la cuisine, on lui apporte les ingrédients et elle mélange.

Pendant les deux semaines de la fête de mariage, le riad est plein d'invités. L'une de nous se réveille à 5 heures du matin pour faire le « petit café », comme on appelle ce petit-déjeuner destiné à ceux qui en ont envie après la première prière, aux aurores. Après avoir prié, certains restent à manger des dattes et des noix, d'autres retournent se coucher. Le deuxième petit-déjeuner doit être prêt à 8 heures et c'est encore nous qui nous en occupons. On dispose sur la table des « *baghrir* » (galettes), du pain, des gâteaux, du beurre, du miel, de l'huile d'argan, de l'huile d'olive, un beurre spécial qu'on appelle « *smen* », des œufs, du café, du lait, du jus d'orange. À 10 heures 30, c'est le troisième petit-déjeuner et il faut offrir deux plats : un « *terda* » – des restes de pain trempés dans une sauce conçue avec de la viande sèche, des lentilles, des oignons, des tomates. Les convives mangent ça avec de la harissa, de l'huile d'olive, du thé bouillant. On fabrique aussi une sorte de pain cuit farci avec des oignons, de la viande séchée (la « *khlia* ») et d'autres choses. Vient alors le moment du déjeuner qui a lieu vers 13 heures, après la prière. Il y a toujours deux plats principaux. Le premier est généralement un tagine de poulet avec des salades de crudités servies autour. Ensuite arrive le plat de viande. Puis c'est la pastilla, les fruits, le café, le thé. À la fin du déjeuner, les invités vont faire la sieste et nous profitons de ce moment pour préparer en cuisine les « *msemmen* », ces galettes carrées qui se dégustent avec du miel. Pour que ce soit prêt dès leur réveil.

Les vacances d'été à la ferme s'organisent aussi autour des repas mais nous avons davantage de temps pour nos rêves. Avant la nuit et nos conversations avec la lune et les étoiles, mes cousines et moi avons instauré une sorte de rituel sous le soleil. C'est « la chaise de la vérité ». On dresse une chaise imaginaire dans le champ, l'une d'entre nous fait semblant de s'asseoir dessus et les autres lui posent des questions idiotes auxquelles elle est obligée de répondre sans jamais dire non. « Es-tu amoureuse du garçon qui est venu hier ? » « Est-ce que tu accepteras que ton mari épouse trois autres femmes ? » « Qu'est-ce que tu détestes le plus chez la femme de mon oncle ? » « Est-ce que tu détestes ma mère ? » Comme la fille de la chaise n'a pas le droit de dire non, elle répond des trucs horribles et ça finit mal, on se frappe, on se fâche, on rentre à la ferme et, le lendemain, on rejoue.

Ici, j'apprends beaucoup de choses de la vraie vie. L'été qui suit ma première année d'école, j'ai sept ans et je me pose des questions sur le sexe dont je ne peux parler avec personne. Les conversations de mes cousines plus âgées ne m'apportent pas de réponses satisfaisantes. Elles ne pensent qu'à se dégoter un mari, c'est leur obsession, elles s'endorment avec ça, se réveillent avec ça, leur existence ne semble pas avoir d'autre issue. Elles font des réunions entre elles pour en discuter à voix basse, je tends l'oreille autant que je peux pour écouter leurs histoires et ça ne colle pas avec les histoires de sexe que je découvre à la ferme. Ce mariage d'une cousine chez ma grand-mère, par exemple. La veille de la cérémonie, je vais me promener du côté de l'étable après le déjeuner. Certains font la sieste, d'autres jouent aux cartes, des femmes font des gâteaux près du hammam. Là où sont les vaches, je vois le futur marié qui embrasse la sœur de la mariée. Je vois ses seins, je vois leurs baisers, et je reste là à les observer sans comprendre et je me mets à pleurer. Il se précipite vers moi, furieux : « Si tu dis quoi que ce soit, je te frappe et je te tue ! » Je continue à pleurer, je n'ai aucune intention d'en dire un mot à quiconque, je pense à sa fiancée qui est à côté, si heureuse de préparer son mariage et je ne veux pas briser son cœur. Ce jour-là, je décide d'être indépendante et de ne jamais rien attendre des hommes.

Le reste, ce sont les animaux qui me l'apprennent. Il a fallu que je sois dans le hangar avec ma cousine Asma, à jouer avec les poules, pour comprendre ce qu'on nous cachait. On voit mon oncle entrer avec deux taureaux énormes et effrayants et nous ordonner de sortir. Il revient un peu plus tard avec quatre vaches et ferme la porte. On demande pourquoi on ne peut pas rester là, il nous tourne le dos. On part à la recherche d'autres interlocuteurs, l'un me dit « T'as pas la honte ! », l'autre me gifle. Parce qu'au Maroc, chez les musulmans, tu ne peux compter sur personne pour répondre aux questions que tu te poses sur les choses importantes. Soit on te frappe, soit on te dit « Ferme ta gueule ». On ne t'explique rien. Tu découvres la réalité toute seule. Cette fois-là, Asma et moi, on décide de ne pas abandonner la question. Quand un nouveau camion pénètre dans la cour de la ferme avec des taureaux à son bord, nous décidons de les suivre. Ils sont emmenés dans le hangar, on se faufile au milieu des moutons et les hommes nous enferment avec eux sans s'en rendre compte. On assiste à toute l'opération. Asma a six mois de plus que moi, soit sept ans et demi. Toutes les deux, on est choquées de ce qu'on voit, c'est bizarre, on a hyper peur. Je suis collée contre le mur et j'ai le cœur qui bat, et d'autant plus quand j'entends les hommes faire les commentaires avec des grosses blagues sur ce que viennent de faire les taureaux. Dehors, tout le monde nous cherche, on entend leurs cris derrière la porte du hangar. « Asma ! Loubna ! » On reste cachées derrière les moutons, pétrifiées, sans pouvoir rien dire. Ce jour-là, j'ai grandi.

4

Je serai comme elles

Je veux être une pute, comme dans les films que je vois à la télé.

Je veux être belle comme les putes, je veux danser comme les putes, je veux faire du cinéma comme les putes, je veux être habillée et maquillée et bien coiffée comme les putes. Je veux conduire des voitures comme les putes. Être une femme libre comme les putes.

J'ai six ans. On est assises à ne rien faire, mes cousines et moi, dans le riad de ma grand-mère. L'oncle Saïd s'assoit avec nous et demande à chacune ce qu'on voudrait faire quand on sera grandes. Ce n'est pas moi qui commence mais je sais ce que je vais dire et j'écoute les autres en attendant mon tour. Elles répondent toutes la même chose : avoir un mari et des enfants. L'unique détail qui distingue leurs rêves, c'est le style du mari. Sana veut être la quatrième femme d'un homme vieux parce que, selon sa théorie, la quatrième est toujours plus gâtée, donc elle aura tout ce qu'elle veut et tous les bijoux du monde. Hannan veut se marier avec un homme libre d'esprit et qui fume, pour qu'il l'autorise à fumer. Asma décide que le sien sera le propriétaire d'une très grande ferme pour pouvoir y élever leurs cinq enfants. Malika, elle, rêve d'un Saoudien, histoire d'être la plus riche du monde – ce en quoi elle réussira.

Mon tour vient enfin. Je m'impatientais de pouvoir confier à mon oncle ce que je voulais être, mais je savais qu'il me poserait la question en dernier car je suis la plus petite.

– Et toi, Loubna ?

– Moi je veux être une pute célèbre dans le monde entier !

Il me balance une gifle. J'éclate en sanglots sans comprendre et pars me réfugier dans les bras de ma grand-mère Mama Hadja.

– Qu'est-ce qui t'arrive, ma chérie ?

– C'est l'oncle Saïd, il m'a giflée !

– Et pourquoi ? Qu'est-ce que tu as fait comme bêtise ?

– Je n'ai rien fait, on jouait à dire ce qu'on voulait faire quand on serait grandes et j'ai dit la vérité, que je voulais être une pute célèbre…

– Chut, tu n'es pas folle ? On va t'entendre !

– Mais qu'est-ce qu'il y a de mal ? Je veux être une pute comme les putes qu'on voit à la télé, elles sont trop belles !

Mama Hadja me jette par terre. De nouveau, je ne comprends rien à ce qui m'arrive. Les femmes belles, maquillées et libres qui jouent dans les films et que j'admire, je les appelle des « putes » parce que c'est le seul mot que j'ai appris. Chaque fois que ma grand-mère me voit les dévisager à l'écran, elle me lance : « Ce sont des putes ! » Et quand je lui explique que je veux être comme elles, exercer le même métier, elle me répond que c'est mal d'imaginer une chose pareille, parce que je passerai du temps avec des hommes inconnus, que je resterai avec eux pendant le tournage – et il y a des tournages même la nuit ! Je ne vois toujours pas ce qu'il y a de mal et je continue à penser que « pute » est un mot normal. Le mot « actrice », personne ne l'a prononcé devant moi, je n'ai pas de raison de le connaître.

Paradoxalement, ma grand-mère est la seule personne qui m'autorise à regarder la télévision. Tous les jeudis, pour nous faire plaisir, elle nous installe avec mes cousines devant la grande télé noire, dans le salon du rez-de-chaussée. C'est une chose un peu interdite, une complicité qu'elle a avec nous. Pour que mon grand-père ne vienne pas nous gronder ou nous interrompre, elle s'arrange pour l'occuper à l'étage le temps qu'il faut. À cette époque, les programmes s'arrêtent après une certaine heure. On a le droit de voir le film jusqu'à la toute fin, quand l'image se fige en un truc multicolore qui ne bouge plus et qui fiche un peu le cafard parce que c'est le signal du retour à la réalité. L'émission du jeudi s'appelle « Le cinéma de jeudi » et diffuse souvent des films égyptiens. C'est en noir et blanc. On est fascinées. Pour ne pas risquer d'attirer l'attention de mon grand-père, on contemple les images sans mettre le son, et ce côté secret ajoute au plaisir. On gamberge en imaginant le scénario.

J'ai six ans quand je vois un film pour la première fois. Il s'appelle *La Danseuse et le Politicien*. Le héros ressemble à Omar Sharif et l'actrice principale, Nabila Ebeid, est pour moi la diva des divas. Elle joue le rôle d'une danseuse du ventre qui réussit à faire tomber un politicien véreux et sauve les pauvres. Elle a des tenues dorées, des longs cils, de splendides boucles d'oreilles et les cheveux montés en choucroute, décorés de rubans. Elle et d'autres filles dénudées font la danse du ventre, les hommes aiment ça, ils applaudissent. Moi je suis comme eux : en pâmoison. Je me dandine discrètement en les observant et l'idée commence à faire son chemin que je veux devenir non seulement actrice, mais danseuse. Le deuxième film de ma vie, égyptien lui aussi, contient également des danses. *Mission à Tel Aviv*. C'est l'histoire d'une femme agent secret qui va chercher des informations en Israël pour commettre des attentats. Les Israéliens la frappent, ce sont les méchants bien sûr et à ce moment-là je trouve tout à fait normal cette vision du monde, où les Arabes sont forcément gentils et les juifs forcément méchants. Dans le film, la femme parvient à provoquer la chute d'Israël et à donner de la force à l'Égypte. Je l'adore.

Par rapport au cinéma marocain, le cinéma égyptien paraît très transgressif. Avec mes cousines, on a conscience de pénétrer par effraction le royaume des adultes. Nous sommes à la fois gênées et excitées parce que voir des films égyptiens ou libanais, c'est une faute. La honte. Leurs actrices sont mal vues chez nous, jugées plus modernes, plus délurées dans leurs mœurs, plus proches de la culture occidentale – même si elles ont l'air de jeunes filles prudes et un peu ridicules à côté des héroïnes des films américains ! Mama Hadja n'aime pas ça du tout. Ce monde qu'elle juge dépravé lui fait horreur mais elle veut avant tout nous faire plaisir et rien ne nous rend plus heureuses que de nous vautrer devant ces films à la télévision. Pendant qu'on se cherche chacune une position confortable devant le poste, elle met un point d'honneur à nous répéter les consignes : « Ne croyez pas ce que vous voyez, ne vous faites pas avoir, ne vous laissez pas tenter par ces-femmes-qui-sont-toutes-des-putes et iront direct en enfer. » Nous, on ne l'écoute même plus, on sait qu'après son sermon elle se sentira mieux et qu'elle nous fichera la paix pendant le film.

Ma grand-mère nous donne toujours des tas de conseils de ce genre. Elle nous assure que pour aller au paradis, il faut être gentille avec les hommes, surtout avec son mari évidemment. Embrasser sa main, laver ses pieds, rester vierge, le servir. Tout ça ne me dit rien qui vaille. Je ne veux pas de cette gentillesse-là qui consiste à être l'esclave d'un mari. Laver les pieds d'un homme ! Inimaginable. Ça me dégoûte. Je me dis au fond de moi : je me marierai avec un juif, un chrétien, un étranger, avec un garçon de n'importe quelle race mais pas avec un Arabe, pas avec un musulman, pour ne pas avoir à lui laver les pieds.

Ma grand-mère en est sûre et certaine : les putes des films ne pourront jamais aller au paradis. Elle nous déclare sur un ton menaçant que Dieu attachera tôt ou tard leurs longs cils, ceux que je trouve si beaux, afin qu'elles ne puissent plus jamais ouvrir les yeux. Tous les hommes que les femmes ont embrassés au cinéma, nous dit-elle, tous ceux qui ont « joué le rôle de leur mari alors que ce n'est pas leur mari en vrai » – elle ne veut surtout pas prononcer les mots « coucher » ou « faire l'amour » –, eh bien ces hommes-là deviendront des chiens, oui des chiens, et seront condamnés à aller chercher leur sperme pour l'éternité dans le vagin des femmes. On croit à fond à ces histoires. On a toutes hyper peur. Mais quelque chose en moi me gêne et me fait douter. Je me dis : « Dieu, il n'aura pas le temps de faire ça à toutes les femmes. Avant d'arriver à moi, il sera fatigué. » Je me permets de soumettre cette éventualité à Mama Hadja :

– Dieu n'aura pas le temps de faire tout ce que tu dis. Avant d'arriver à moi, il sera fatigué. Non ?

– Dieu n'est jamais fatigué. Elles iront toutes en enfer, jamais Dieu ne leur pardonnera.

– Mais elles sont trop belles pour aller en enfer ! Elles ont tout ce qu'il y a de plus magnifique dans la vie, pourquoi Dieu ne les récompenserait pas ?

– Dieu a donné à ces femmes la beauté, l'argent, la célébrité sur terre, dans cette vie ici. D'accord. Mais jamais il ne pourra leur donner l'amour dans la vie, jamais il ne les laissera aller dans le ciel.

Je la dévisage de tous mes yeux. J'ai peur mais ça bouillonne dans ma tête. Je pense en mon for intérieur : « Bon, je veux déjà tout ce qu'elles ont ici, sur terre. Après on verra ce qui se passe là-haut. » Plus tard, au temps de mon adolescence, je garderai longtemps cette peur diffuse chaque fois que je verrai un film au cinéma ou à la télé. Plus tard encore, quand je commencerai à suivre des cours de théâtre, je redouterai d'être punie par quelque chose qui s'appelle Dieu. Sans cesse, je me pose la question : est-ce que Dieu va me pardonner d'être ce que ma grand-mère appelle une « pute » ? Et j'essaie de toutes mes forces de me convaincre : si je ne vole pas, si je ne tue pas, si je ne fais rien de méchant, il va nécessairement me pardonner ! Je veux seulement tout faire comme elles et être comme elles, les putes des films égyptiens. À seize ans, je me mets à fumer pour leur ressembler. La cigarette leur donne une telle allure !

Plus que toutes les autres, celle qui suscite mon admiration s'appelle Dalida. Je suis totalement fan d'elle dans *Le Sixième Jour* de Youssef Chahine. Elle joue très mal, ce n'est pas une actrice d'exception mais j'adore sa présence, sa façon de s'habiller, sa voix, son accent italien. Grâce à Dalida je prends conscience du talent de Chahine et de ce qu'est le cinéma. Je verrai et reverrai tous ses films. Le jour de la mort du réalisateur, à l'été 2008, j'irai jusqu'à conclure que ma propre carrière d'actrice est condamnée, elle qui n'a pas même commencé. Je me suis mis en tête de rencontrer Youssef Chahine coûte que coûte. Il joue pour moi le rôle d'un maître et reste celui qui m'a transmis, avec Dalida, le virus et le rêve du cinéma. Le premier à me convaincre qu'exercer ce métier est la seule façon de devenir la femme que je veux être.

Ce mot tabou, « pute », recouvre tant de choses pour moi… Un concentré de tout ce qui me fait envie à l'époque. Non pas que je trouve beaux les visages de ces actrices égyptiennes : malgré mon très jeune âge, j'ai acquis je ne sais comment le recul nécessaire pour sourire de leurs choucroutes, de leur maquillage, de ce kitsch invraisemblable. J'ai déjà compris que la beauté est dans la vérité et la simplicité, pas dans la surcharge et le mélo surjoué. Au-delà de leur image et de leur posture, je ressens chez elle une qualité que je désire ardemment : la force. Nous, mes cousines et moi, on doit aider au riad ou à la ferme, on est confinées dans notre chambre, on est frappées pour ce qu'on va dire avant même de finir la phrase. Et elles, ces femmes de la télévision, elles sont si sûres d'elles, si puissantes ! J'ai beau savoir que les films ne sont pas la réalité – sur ce point, ma grand-mère a bien raison –, le fait même qu'elles soient capables de jouer si bien leurs rôles me laisse croire qu'elles peuvent le faire en vrai. Rien qu'en dansant, elles réussissent à mettre tous les hommes à leurs pieds ! La danse orientale me fascine, elle est somptueuse et accessible, elle ouvre les portes, elle est la clé de ce à quoi j'aspire et qui, pour la première fois, me paraît être à ma portée : un pouvoir et une liberté.

Alors j'ai voulu être danseuse.

Alors Mama Hadja a recommencé : « Es-tu folle ? Tu vas devenir une pute ! »

Il a fallu du temps pour que je désobéisse. Mais un jour, j'ai dit : « Je m'en fous. Je serai danseuse et actrice. »

Alors l'ironie du sort m'a rattrapée. Moi qui rêvais absolument de devenir une pute célèbre dans le monde entier, je me suis retrouvée dans le premier film qui m'a rendue célèbre, *Much Loved*, à jouer le rôle… d'une prostituée.

5

Le cinéma vide

Sur le chemin de l'école, en quittant le riad, il y a un cinéma. La rue est étroite, le bâtiment ocre aligné sur les autres n'a rien de particulier, mises à part les affiches qui attirent l'œil. Je passe devant tous les jours sans oser m'approcher de trop près. Cette salle de cinéma est le symbole du rêve interdit dans lequel je n'ose pas entrer et que je n'arrive même pas à formuler, puisque je ne peux pas nommer le métier des femmes sans me prendre une gifle. Je contemple avec une béatitude vaguement coupable les affiches des films indiens de Bollywood, avec des femmes belles et maquillées qui me rappellent les Égyptiennes de la télévision. Les projections ont lieu tout l'après-midi jusqu'au soir. En sortant de l'école, je vois les familles qui font la queue avec leurs sacs pleins de sandwiches et de gâteaux pour affronter des séances interminables. Cinq heures de bonheur découpées en deux spectacles : le premier, généralement un film de guerre américain, dure deux heures. Le deuxième, indien, trois heures. L'américain n'est qu'une mise en bouche et c'est pour l'indien que chacun se presse : pour Bollywood, avec ses histoires d'amour impossibles qui se révèlent en fin de compte possibles et vous laissent bêtement avec vos larmes, à renifler pile au moment où la lumière revient. À l'intérieur, je devine que c'est la fête : ils mangent, ils fument... Je reste plantée dehors, pleine d'envie, à les épier tandis qu'ils achètent leurs billets, joyeux, bruyants, impatients d'entrer.

Je repasse toujours à la maison à l'heure du déjeuner. La séance de l'après-midi n'a pas encore commencé et personne ne fait la queue. Un jour, je me lance. Je m'approche de l'employée qui fait le ménage devant le cinéma : « Est-ce que je peux entrer ? Franchir le pas de la porte, juste un instant, pour voir ? » Amusée par ma curiosité, elle m'ouvre. Une salle immense et vide apparaît, surplombée d'un balcon. Des centaines de fauteuils dans le noir, devant un écran noir. Une odeur saisissante de tabac froid, de bouffe et de shit – le shit, ainsi que je l'apprendrai plus tard, est un accessoire indispensable pour accompagner trois heures de film indien.

Je reste immobile, éblouie, sans pouvoir dire un mot. C'est la première fois que je vois une salle de cinéma. De retour au riad, je raconte ma découverte à mes cousines : « Les filles, je suis allée à l'intérieur du cinéma, je l'ai vu ! C'est incroyablement grand, tout noir, vide ! » Mes cousines écarquillent les yeux. Mon aventure les impressionne. Ensemble, on tombe d'accord sur un plan : il faut convaincre notre grand-mère d'intercéder auprès d'un homme de la famille – puisque si l'on veut demander une permission à un homme, il est recommandé de prendre pour intermédiaire une femme plus âgée. Vu que c'est moi qui ai eu l'idée, je ne peux plus me défiler et je propose de me charger moi-même de cette périlleuse mission qu'aucune ne m'envie. Je vais donc trouver Mama Hadja : « S'il te plaît, tu peux demander à l'oncle Saïd qu'il nous laisse aller au cinéma ?... »

Direct, je reçois une gifle. Je pleure. Ma grand-mère me prend dans ses bras et me donne l'explication : « Tu sais, il n'y a que les putes qui vont au cinéma. C'est dans le noir, les hommes touchent les nichons des femmes et ils leur font des bisous et le Makhzen [l'organisation mise en place par Hassan II, notamment policière] viendra te frapper... » Elle m'a convaincue : ça me terrifie. Je fais tout pour oublier cette histoire de cinéma. Sur le chemin de l'école, j'évite même de m'approcher de la salle, je traverse la rue exprès pour marcher de l'autre côté, je baisse la tête, je tends ma carte d'écolière aux policiers sans même qu'ils ne me la demandent, tout pour ne pas avoir la honte : surtout, que personne ne puisse s'imaginer que je suis le genre de fille à aller au cinéma ! Jamais je ne voudrais risquer d'être confondue avec cette foule mauvaise aux intentions diaboliques qui attend la séance.

Le temps fait à peu près son travail : je réussis à ne plus penser au cinéma et je passe devant la salle la tête haute, d'un air indifférent. Jusqu'à ce jour où une affiche de film agrippe mon regard. Là, impossible de détourner les yeux. Les femmes en photo sont trop belles. Il y a écrit en gros *Spice World*. Pendant le déjeuner, je suis fébrile à l'idée de repartir à l'école et de pouvoir à nouveau admirer l'affiche. Le soir, pareil. Je repasse devant sans cesse, je n'arrive pas à m'enlever de la tête ce film dont un résumé est punaisé à côté de l'affiche. C'est l'histoire vraie d'un groupe de chanteuses pop dont je n'ai jamais entendu parler : les Spice Girls. Après mûre réflexion, ne pouvant faire autrement, je décide que je suis prête. Prête à être frappée, à être punie, à subir tout ce qu'ils voudront. Peu m'importent les gifles, ce sera la révolution dans la maison : je vais demander à aller au cinéma.

Mes cousines ont peur pour moi et essaient de m'en empêcher : « Tu es folle Loubna ! Arrête, c'est idiot, tu vas te faire gronder pour rien. Tu as vu ce que ça a donné la dernière fois ? » Moi : « Je ne peux pas m'en empêcher. Il le faut. L'aventure passe et, au bout du compte, personne ne meurt. » Je suis contente de mon dicton. Sans attendre, je dispose un bon paquet de chewing-gums sur mes dents de devant, le bon truc avant de se prendre une raclée. Pour ça, au moins, je suis devenue une championne : je connais toutes les parades possibles et imaginables pour me protéger des coups.

Ce jour qui va changer ma vie, j'ai treize ans. J'ai repéré une faiblesse de mon oncle Saïd : le soir, il rentre souvent très discrètement au riad en espérant que personne ne surprenne son haleine chargée d'alcool. Il monte alors à l'étage en catimini et, une fois à l'abri, distribue ses ordres à la plus petite des filles, c'est-à-dire moi, pour se faire apporter ses affaires. J'en déduis que ce moment est le bon pour mettre en œuvre ma stratégie et, un soir, je tente ma chance. En donnant ses babouches à l'oncle Saïd, je me jette à ses pieds et je lui récite ma supplique d'un coup, sans respirer : « Pour l'amour de Dieu et de Mahomet, ne me frappe pas avant que j'aie fini ce que je dois te dire... » Je fais une pause, la tête baissée. Je contracte mon visage et j'attends la gifle… qui ne vient pas. Bizarre. Je reprends ma récitation, d'un débit rapide, mécanique : « Habibi Saïd je veux que tu m'amènes au cinéma voir *Spice World.* Tu resteras à côté de moi comme ça les hommes ne pourront pas me toucher les nichons. » Étonnée que rien ne se passe, je m'arrête à nouveau et je relève la tête. Il éclate de rire. « Je vais voir ! » me lance-t-il. Trois jours plus tard, il débarque dans notre chambre et nous annonce fièrement : « Surprise ! Demain, je vous emmène au cinéma. »

C'est un grand moment. Le matin tôt, nous nous entassons dans sa vieille Fiat grise en direction de Casablanca. L'oncle Saïd a jugé préférable de faire ce long voyage et de s'éloigner de Marrakech, qui n'est pas la ville idéale pour se montrer dans une salle de cinéma avec les filles de ses sœurs… Qu'est-ce qu'on dirait ! Casa est plus anonyme et plus sûre pour préserver sa réputation. Bien qu'à deux heures et demie de route, c'est la ville où tous les Marrakchis décident de se rendre pour un oui ou pour un non dans la journée, partant le matin et revenant le soir après une séance de shopping. Il n'y a pas beaucoup de belles boutiques à Marrakech à l'époque. Tout se passe à Casablanca, les commerces, les restaurants, les bonnes choses. C'est aussi cela que mon oncle veut nous faire découvrir à nous, les filles, qui ne sommes jamais sorties de notre riad et de notre ferme. Casa nous est encore inconnue.

Nous entrons dans un état d'excitation historique en faisant la queue devant le cinéma. Je ne me lasse pas de contempler cette affiche des Spice Girls, si près de moi, qui est le départ de tout. La salle dans laquelle on pénètre ensuite est semblable à celle que j'ai vue à Marrakech, noire et encore vide, mais l'idée que j'ai cette fois le droit de m'y installer et d'assister au spectacle fait d'elle un lieu exceptionnel et grandiose. On prend place en rang d'oignons, avec toutes mes cousines. Même les chaises me semblent divinement belles et confortables. Je suis encore très petite à treize ans, je ne vois pas le bas de l'écran mais plus rien ne peut affecter mon bonheur. Lorsque le noir emplit la salle et que l'on se retrouve comme à l'intérieur de l'écran géant en couleurs, je me rends compte que la télé de ma grand-mère est en noir et blanc, ce dont je ne m'étais jamais aperçue. Après ce film sur les Spice Girls, rien ne sera plus jamais comme avant. Le cinéma est entré dans ma vie. Je ne peux plus m'en passer.

Dans les jours qui suivent, je fais un pacte avec moi-même : j'irai au cinéma une fois par semaine. Cela suppose de sécher l'école et sans doute d'être frappée, mais ça m'est égal. Le billet d'entrée coûte

15 dirhams, l'équivalent d'1,50 euro. Je ne les ai évidemment pas, mais en passant la semaine à rendre des services ou à revendre des bricoles comme de l'huile, du sucre ou autres, je peux arriver à me débrouiller pour amasser la somme.

Je me tiens parole. Je sèche l'école. Une demi-journée, chaque semaine, en prenant soin de varier les cours que je rate. Au bout de plusieurs absences, la prof d'arabe commence à trouver cela suspect. Elle me convoque auprès d'elle : « Dis donc, toi, qu'est-ce que tu fabriques l'après-midi ? » Pas la peine de tergiverser, elle me tient. Alors je lui avoue tout. Ma passion pour le cinéma, mon désir d'en faire mon métier. Je lui raconte le point de départ, l'escapade avec mon oncle et mes cousines à Casablanca pour aller voir les Spice Girls. Elle ne se fâche pas. Étonnamment, elle m'écoute.

Comme je ne connais toujours pas le mot « actrice » et que j'ai bien enregistré qu'il ne faut pas dire que je veux être une pute, je désigne à ma prof les actrices en les appelant « *hadouk* » : « les autres ». Elle : « Les autres quoi ? » Moi : « Je suis allée voir les autres, parce que je veux faire comme elles plus tard. » Elle : « Mais c'est qui, les autres ? » Je m'approche d'elle et je lui chuchote à l'oreille : « Je suis partie voir les putes, parce que c'est ce que je veux faire plus tard ! »

Là, elle se met à rigoler, rigoler, sans s'arrêter ! Ma prof porte le voile, c'est une femme très sérieuse et je ne vois pas du tout ce qu'il y a de si drôle dans mes propos. Elle continue à pouffer toute seule devant moi, elle en essuie des larmes et elle va jusqu'à appeler ses copines profs pour leur raconter. À leur tour, elles sont toutes écroulées de rire. C'est un peu déplaisant pour moi d'être le sujet de tant de rigolades. Les bras croisés, j'attends qu'elles se calment. Ma prof sèche ses larmes et m'explique : ce n'est pas une pute que tu veux être, mais une actrice ! C'est un beau métier, me dit-elle, difficile et compliqué, qui nécessite des études et tout le monde n'est pas également doué pour l'exercer. Je n'en reviens pas. C'est un soulagement, une immense libération d'apprendre que la profession à laquelle j'aspire n'est pas un gros mot. Mieux encore, qu'elle nécessite un apprentissage et qu'elle est respectable.

Ma grand-mère me frappe à plusieurs reprises en apprenant que je sèche des cours. Je choisis cette fois d'encaisser les coups sans avancer une explication dont je sais qu'elle ne peut pas la comprendre. Rien ne compte plus que le cinéma désormais, et ma prof d'arabe est devenue ma complice dans l'aventure. Son aide est précieuse. Elle m'encourage, m'appelle pour que je lui raconte le film que j'ai vu, ne rapporte pas mes absences au directeur. Quand je ne réussis pas à réunir les 15 dirhams dont j'ai besoin pour acheter mon billet, elle m'en fournit une partie. Les employés de la salle de cinéma eux-mêmes, à force de me voir si passionnée et si assidue, me laissent parfois entrer à moitié prix ou gratuitement. Cette prof, je l'ai invitée plus tard à mon mariage avant de la perdre de vue. Je pense souvent à ce que je lui dois. Avec un peu de chance, si elle lit ce livre, elle saura que je voudrais la revoir et lui dire merci.

Je deviens accro au cinéma. D'une fois par semaine, je passe à deux. Même la télé de Mama Hadja ne m'intéresse plus. Comme je n'aime pas trop le film de guerre américain en première partie, j'arrive au milieu de la séance pour attraper le film indien et pleurer sur l'histoire d'amour très triste où le héros finit, Dieu merci, par partir avec la princesse. J'aime la musique, les visages et les corps, les femmes qui dansent dans de beaux tissus colorés. Plus tard, au lycée, il m'arrive d'aller voir tous les jours le même film quand il me plaît.

Ma deuxième révolution a lieu quelques années plus tard. Le choc des Spice Girls à Casablanca a provoqué la première, celle-ci se produit à Marrakech grâce à la rencontre d'un marchand ambulant.

Je me trouve à nettoyer dehors, juste devant le riad, avec mon seau et mon balai à serpillière, quand je l'aperçois. Il se tient un peu plus loin, porte un sac à dos et une mallette et discute avec des garçons du quartier. La scène m'intrigue. Qu'est-ce qu'ils trafiquent ? Mine de rien, je m'approche en continuant à passer ma serpillière. C'est un jeune homme d'une trentaine d'années, très beau, bien habillé, qui semble respectueux. Sa marchandise m'intéresse au plus haut point : il vend des cassettes VHS dans des boîtes illustrées par les affiches des films. Dès que les garçons sont partis, je l'interpelle. Je le préviens tout de suite que je n'ai pas de quoi lui acheter la moindre cassette, mais s'il la loue, je peux me débrouiller. Pour 5 dirhams, il est d'accord. On se donne rendez-vous le lendemain un peu plus loin, pas trop près de chez ma grand-mère mais à quelques rues de là, devant un jardin proche du palais royal. J'ai mes 5 dirhams sur moi.

Comme une idiote, je choisis un film que je connais déjà par cœur. C'est tout à fait inutile mais j'ai envie de l'impressionner. Je veux qu'il s'imagine que je suis à la fois une cinéphile avertie et assez riche pour avoir un magnétoscope à la maison. Dans les deux cas c'est faux, bien sûr. Pour le seul plaisir de frimer et de pouvoir lui livrer un commentaire d'experte, je lui commande une cassette de Youssef Chahine alors que j'ai déjà vu et revu tous ses films à la télé chez ma grand-mère. De plus, je ne peux même pas la visionner, faute d'avoir le droit d'utiliser le seul magnétoscope que nous avons au riad et qui appartient à l'oncle Saïd. Mais je fais semblant : avoir une télé et qui plus est un magnéto sont un signe que tu appartiens à la classe des gens chic. Plusieurs fois par semaine, je continue mon numéro auprès de ce marchand ambulant, prénommé Anas, histoire de me sentir importante : je lui loue l'un après l'autre un des films de Chahine que je connais sur le bout des doigts, et je le lui rends avec un commentaire sans bien sûr lui avouer que je ne l'ai pas revu. Tout mon plaisir, pour 5 dirhams, consiste à entretenir la conversation avec lui. Anas est la première personne, en dehors de ma prof d'arabe, à me parler de cinéma, des acteurs, des actrices, des stars. Cela me donne l'impression de mettre un pas dans ce monde fait de lumières, de talents et de célébrités, auquel je n'ai pas droit.

Après avoir fait le tour de l'œuvre complète de Chahine et des films indiens de Bollywood, dont je connais aussi chaque scène, je commence à me lasser de mon propre numéro et je me résous à lui demander s'il n'a pas autre chose… Anas esquisse alors un sourire qui me gêne horriblement car j'ai pu observer son manège avec ses autres clients : il leur propose des films sur le prophète Mahomet et, au moment de leur tendre la cassette qu'ils ont payée, il en cache dans le paquet un autre, porno. Je me dépêche de mettre les points sur les i :

– Eh, non ! Autre chose, ça ne veut pas dire du porno !

– Quoi, alors ?

– Je voudrais des films différents, des films d'autres pays, des films qui font la révolution dans les cerveaux, tu vois ?

– J'ai du cinéma français. Mais tu ne parles pas français, si ?

– Bien sûr que je parle français !

Je ne parle pas français pour un sou. Comme la plupart des jeunes Marocains qui n'ont pas les moyens d'aller dans les écoles privées, j'ai juste appris les bases de la langue française avec des profs qui elles-mêmes ne la maîtrisaient pas. Je fais cette réponse à Anas crânement, pour « me la jouer », comme disent justement les Français. L'inconvénient est qu'il me croit et me tend un film avec Louis de Funès. Le premier film que j'ai loué de ma vie, le premier film français que j'ai regardé de ma vie, cela restera pour toujours *Le Gendarme de Saint-Tropez*.

Je rentre au riad d'un pas faussement désinvolte. En réalité, j'ai le cœur qui bat à tout rompre. Dès que j'ai poussé la porte, je grimpe l'escalier quatre à quatre pour aller chercher mes cousines. On monte sur la terrasse, je ferme l'accès à clé et je leur montre mon butin : la cassette du film français. Elles sont excitées et effrayées. Hannan se prend le visage entre les mains : « Mais où as-tu trouvé ça ? Qu'est-ce qu'on va en faire ? » Le problème, c'est qu'on n'a toujours pas l'appareil pour la diffuser. L'unique magnétoscope se trouve dans la chambre de mon oncle qui est fermée à clé. J'élabore un plan : je garderai sur moi la clé de sa chambre après avoir fait le ménage, et on pourra regarder le film le samedi suivant. Pourquoi samedi ? Parce que tous les samedis sans exception, le tonton sort dans l'après-midi et rentre tard, un peu éméché.

Le samedi suivant, on ne tient plus en place. Nous épions toutes les faits et gestes de l'oncle Saïd, trop impatientes de le voir quitter la maison.

Le voilà qui descend enfin l'escalier. Il met le nez dehors… non, il a oublié quelque chose. Il rentre à nouveau… ressort. Ça y est, le voilà parti pour de bon. On se précipite toutes dans sa chambre. Le magnétoscope est bien à sa place, mais on a omis un détail : on ne sait pas le faire marcher ! Même en appuyant sur tous les boutons, rien à faire. On quitte la chambre, dépitées. Je réfléchis toute la nuit et le lendemain, il me vient une nouvelle idée :

je vais préparer un gâteau avec beaucoup de soin et en faire goûter une tranche à mon oncle. Ça va l'amadouer. Le moment venu, je lui apporte mon gâteau. Il se régale comme je l'ai prévu. Me félicite. En redemande. C'est le moment.

– Habibi Saïd, je te promets que je te ferai tous les jours le même gâteau ! Mais… j'ai besoin d'un petit service.

– Quoi donc ?

– Tu sais, on ne sort pas souvent du riad, on n'a pas beaucoup de distractions. Est-ce que de temps en temps on ne pourrait pas regarder un film sur ton magnétoscope ?

Il ne dit pas non, c'est toujours ça. Mais il ignore que la cassette est déjà fournie. Quelques jours plus tard, il nous appelle, tout content de nous faire plaisir :

– Les filles, venez ! J'ai rapporté une cassette pour vous !

On arrive en courant, impatientes de découvrir le titre : *La Vie de Jésus*… ! On est hyper déçues.

– Alors, ça vous plaît ?

– Oui, beaucoup ! Merci oncle Saïd, articulent mes cousines en grimaçant.

– En fait, pas trop… avoué-je. La vie de Jésus, je sais déjà ce que c'est, ça ne va pas. Un vrai film, ce n'est pas ça.

– Un vrai film ?

– Oui, dans un vrai film il faut une histoire forte, avec des amoureux, des choses belles, tu vois... là, Jésus on connaît la fin, je l'ai lue dans le Coran.

– Mais tu penses à quel film par exemple ?

Je fonce dans ma chambre et reviens aussitôt en lui tendant ma cassette du *Gendarme de Saint-Tropez*. Il inspecte la boîte dans tous les sens, s'arrête sur la tête des gendarmes, lit le résumé, puis me fixe longtemps dans les yeux.

– Toi, Loubna... J'ai peur de ce que tu vas devenir.

– Pourquoi tu dis ça ?

– Tu ne seras pas une femme normale. Tu ne connais ni la peur ni la honte.

– Et cette cassette, alors, on va la voir quand ?

Le lendemain, l'oncle Saïd profite du film avec nous. On est tous pliés de rire d'un bout à l'autre. Il adore autant que nous, au point qu'il me glisse dans la foulée 5 dirhams pour qu'on recommence. Dès le lendemain, je retourne voir Anas, le marchand ambulant. Tous les Louis de Funès y passent. J'aurai beaucoup rigolé avec ce monsieur, Louis de Funès. Je ne comprends rien à ce qu'il dit mais sa tête et ses mimiques suffisent. C'est lui qui m'initie au français. Ma motivation pour apprendre cette langue, c'est de réussir à ne rien manquer de ces films qui me plaisent même sans le son et de rire encore plus avec Louis de Funès.

Mon oncle ne veut pas payer à chaque fois la location des cassettes mais chez ma grand-mère, ce n'est pas trop difficile de trouver de l'argent. Grâce au métier de mon grand-père négociant, il y a toujours des kilos de viande séchée à disposition et elle se vend cher car peu de gens en ont autant que moi. Il suffit que j'en chaparde un peu dans la cuisine. J'avais déjà testé cette méthode pour m'acheter des sandwiches, des baskets ou des billets de cinéma, je peux bien le faire pour les cassettes. Avec le marchand, nous prenons ainsi nos habitudes. Je l'approvisionne en viande, parfois aussi en blé ou sucre, il me fournit en échange des films, des bandes dessinées, des cassettes de chansons : Dalida, Charles Aznavour, plein de variétés françaises. Et évidemment beaucoup de chansons égyptiennes. Il me faut quelques mois pour économiser 80 dirhams (8 euros) et acheter le walkman pour les écouter.

Anas m'initie au cinéma d'autres pays que je continuerai à explorer quand j'arriverai en France à l'âge de seize ans. Le plus bizarre est alors de découvrir que les films n'ont pas forcément de fin. Les navets américains, indiens, égyptiens de ma période initiatique avaient tous une fin : tout le monde était heureux. Avec les grands films français, chinois, japonais, roumains, c'est un bouleversement de constater qu'un dénouement heureux n'est pas une nécessité. Ce cinéma-là m'éclaire et me chamboule. Je serai très marquée par *Va, vis et deviens* de Radu Mihaileanu, la souffrance de cette femme chrétienne d'Éthiopie qui doit mentir sur la religion de son fils, faire croire qu'il est juif, pour pouvoir l'envoyer en Israël. Le cri qu'elle pousse à la fin quand elle retrouve cet enfant devenu un homme résonnera en moi à jamais. J'aimerai pardessus tout les films de Roman Polanski. Sa vision, son caractère, son cadrage, ses histoires. Charlie Chaplin reste un de mes héros. Pendant des heures, chez moi je copie sa façon de marcher en canard.

Aujourd'hui encore, j'ai toujours un pincement au cœur en passant devant le cinéma de mon enfance, sur le chemin de l'école. La salle est fermée et ne sert plus à rien, comme hélas beaucoup de cinémas au Maroc. Pour moi elle demeure pour toujours cette porte magique et ces affiches où se sont engouffrés tant de mes rêves et de mes désirs. À l'époque où je gamberge sur ce lieu interdit, j'approche sans le savoir un des plus grands acteurs français. L'ironie du sort veut qu'il habite à quelques centaines de mètres du cinéma. Je n'ai jamais entendu parler de lui, j'accompagne juste des tantes et des cousines éloignées qui sont employées comme femmes de ménage dans son immense riad du quartier de la résidence royale. L'une d'elles est l'épouse du gardien. Les suivre dans « la maison du Monsieur français » me permet d'aller barboter en douce dans sa piscine. Moi qui ne verrai pas la mer avant l'âge de quatorze ans à El Jadida, près de Casablanca, et ne rêve que d'acteurs et d'actrices, je m'initie ainsi étrangement à la fois à la natation et au cinéma dans le riad d'une star dont j'aperçois la silhouette au loin et dont je saurai des années plus tard qu'il s'agit ni plus ni moins… d'Alain Delon.

6

Le premier homme

Entre-temps, j'ai fait connaissance avec l'enfer.

À neuf ans, je dois à contrecœur quitter mes cousines et le riad de ma grand-mère. Mon père ne travaille pas, ma mère fait des ménages et elle a besoin de moi, l'aînée, pour garder mon frère et ma sœur, bien plus jeunes. J'emménage donc chez eux, dans le petit logement qu'a obtenu ma mère à deux pas de la place Jemaa el-Fna, l'endroit le plus touristique de Marrakech. Mon école est juste en face, la rue longe le mur de la cour de récréation et je n'ai qu'à la traverser pour m'y rendre. La porte de l'immeuble ouvre directement sur un escalier raide. Notre appartement est en haut des marches, à droite : il y a trois chambres, un salon, une salle de bains, une petite cuisine. L'immeuble appartient à mon grand-père et sur le toit nous disposons aussi de la terrasse, où nous pouvons étendre le linge.

C'est la première fois que je vis avec mes parents. Selon les circonstances, j'appelle ma mère « maman » ou par son prénom, Btissam. Mon père, je ne l'appelle pas. Il ne peut avoir de nom pour moi. « Papa » est imprononçable.

Ma sœur est née sept années après moi, puis mon frère un an plus tard. Jusqu'à ce qu'il obtienne enfin un fils, mon père n'a cessé de répéter à ma mère : « Ton ventre n'est bon à rien, il ne ramène que des femmes. » L'arrivée du garçon ne le calme pas. Il la bat en permanence. Et moi, comme je suis là, j'y passe aussi. Ils m'ont fait venir auprès d'eux pour m'occuper des tâches ménagères et je m'exécute du mieux que je peux : j'ai eu le temps d'apprendre le métier chez ma grand-mère. La maison est toujours impeccable, je ne laisse pas une tache derrière moi. De son côté, maman gagne trois sous en faisant le ménage chez des particuliers et de temps en temps la cuisine et le couscous dans des fêtes de mariage. Mon père, lui, ne fiche rien de ses journées, passe son temps à fumer et à attendre de quoi s'acheter du hasch. Son autre occupation favorite est de me frapper, deux ou trois fois par jour, tous les jours. Pour rien. Pour s'occuper. Il suffit que je sois simplement assise sur le canapé pour que ça lui prenne de me traîner par les cheveux jusque dans la chambre et de me cogner. Quand maman sort travailler et que mon frère et ma sœur sont à l'école, il m'enferme dans les toilettes. Il lui arrive de m'y laisser plusieurs jours de suite s'il se sent à l'aise parce que Btissam est partie une semaine le temps d'une fête de mariage. Je reste confinée là-dedans, la peur au ventre, en guettant avec angoisse le moment où il surgira.

Le voilà. J'entends la clé dans la serrure. Il ouvre la porte. Je me protège le visage, il me frappe. Il me suspend par les pieds. Cogne encore. Me brûle avec sa cigarette. Il a trop de haine. Assez de haine et de mépris pour me faire tout ce que les hommes peuvent faire à leurs filles, à leurs nièces. Cela, personne n'en parle puisque les femmes sont supposées demeurer vierges jusqu'à l'instant de leur mariage. La virginité, croyez-moi, c'est le plus gros mensonge du monde arabo-musulman. Et la chirurgie pour reconstituer l'hymen avant d'être offertes à leur mari, le plus indicible et le plus rentable des commerces.

Les blessures dues aux coups ou aux cigarettes ont un inconvénient : elles se voient. À son retour du travail maman découvre le spectacle, elle se fâche et c'est toujours le même cirque qui recommence. Il se rue sur elle et la bat. N'étant pas une femme facile, elle résiste et il casse tout dans la maison. Entre eux, ce sont des bagarres terribles. Et si elle savait... Ma mère ne remarque que mes cicatrices visibles. Le pire ne se voit pas, et je ne peux pas le lui avouer. Quand j'essaierai, bien plus tard, elle ne voudra pas me croire. C'est impossible. Inaudible. Tabou.

À l'époque, j'ai honte de tout. De cette situation, de mon père, de ma maison, de notre pauvreté, de ce que nous sommes, de moi. J'évite d'avoir des amies, tant je redoute qu'elles puissent constater la vérité, mon père sale et nos meubles moches. J'ai toujours peur que certaines frappent à la porte et me demandent d'entrer. Pour ne pas prendre de risque, et aussi pour rêver à ma vie d'avant dont on vient de me priver, je donne l'adresse du riad de Mama Hadja dont le quartier, à lui seul, sonne plus chic. De plus, mon grand-père est connu pour son extrême générosité à l'égard des pauvres et je suis fière de cette réputation. Chez mes parents en revanche, même mon propre nom me fait honte. Abidar est typiquement amazigh, or je suis entourée d'Arabes, mon père mis à part. Et moi, non seulement je suis berbère, mais je suis pauvre, ce qui ne colle pas avec les clichés que chacun a en tête : les Amazighs des villes sont supposés être de riches marchands qui envoient leurs enfants dans des écoles privées. Ce n'est pas mon cas. J'en ai marre des questions, des regards bizarres. Pour avoir la paix, je préfère dire que je m'appelle Elmajahed, le nom de famille de maman. Et puis il y a le reste, mon plus gros secret, ce que mon père me fait. Ça, je le garde pour moi seule. Je mens sur tout ce que je suis. Je veux faire comme si tout allait bien. Je veux qu'on dise que je suis forte, que ma vie est belle, aussi belle que je la rêve au fond de moi.

Au bout de six mois, je n'ai au moins plus besoin de mentir sur mon adresse : en apercevant mon visage et mon corps couverts de coups chaque fois qu'elle rentre, ma mère se rend à l'évidence qu'elle ne peut pas me laisser ici. Elle me renvoie chez ma grand-mère et mes cousines. Inutile de dire que je ne me fais pas prier. Je retrouve le riad plein de monde, les fêtes, la gaieté. Cela n'a qu'un temps. La parenthèse enchantée se referme à nouveau après quelques années. De nouveau, ma mère est fatiguée de tout mener de front. Mon frère et ma sœur grandissent. Elle me rappelle à ses côtés.

J'ai treize ans, très peur et pas le choix. Je reviens à la maison avec beaucoup de haine. Mon père se remet aussitôt à me frapper comme avant, à une différence près : je ne suis plus la même. Je le regarde désormais comme une sauvage, prête à mordre et à griffer. Je ne supporte plus sa présence, je ne supporte plus que ma mère se tue à entretenir un raté uniquement pour préserver son soi-disant honneur de femme mariée. Combien de fois il nous jette dehors tous les quatre, maman, mon frère, ma sœur et moi, à la tombée du jour ? Combien de fois on se retrouve à dormir dans la rue, à geler sous la pluie ? En se rendant à la mosquée à l'aube, les voisins scandalisés nous voient allongés par terre, tambourinent à la porte de la maison et l'obligent à nous laisser entrer chez nous.

Mon père nous traite comme des chiens, nous humilie, nous affame. Quand mon grand-père offre un mouton pour l'Aïd, il le revend pour s'acheter du shit. Quand je dégote de quoi faire le repas, il mange le premier et, une fois qu'il a fini, il pisse dans le plat qui nous est destiné. Ou bien il jette le reste à la poubelle et m'ordonne d'aller le chercher là, si j'ai faim. Je bous de haine. Je m'inquiète pour mon frère et ma sœur, encore petits. L'idée germe dans ma tête que personne d'autre que moi ne sera capable de sauver la famille. Que c'est à moi d'imaginer une solution.

Un jour où l'on commence à se préparer pour l'Aïd et où, comme chaque année, on ignore si on aura les moyens d'acheter de quoi faire la fête, une femme amazigh de la famille de mon père a la bonté de m'offrir 300 dirhams (30 euros) en cadeau. J'en utilise une partie pour rapporter des épices, toute contente à l'idée de faire cette surprise à ma mère. En rentrant à la maison, je la trouve dans sa cuisine en train de pleurer en silence. Elle épluche ses légumes en s'efforçant de me cacher ses yeux pleins de larmes et me dit : « Ma fille, tu m'aides, je ne suis pas seule, j'ai de l'espoir ! » Je lui réponds : « Ça ne peut plus continuer comme ça. Je suis prête à travailler et à gagner de l'argent pour t'aider et élever mon frère et ma sœur, mais à une condition : que ce monsieur quitte la maison. » Maman a l'air effrayée par mes paroles. Elle se met à pleurer de plus belle.

C'est un après-midi d'été, l'année de mes quatorze ans. Je ne sais toujours pas quelle force m'a poussée à me comporter comme un démon. Comment les mots me sont venus avec tant d'évidence. Ce jour-là, nous sommes réunis tous les cinq dans l'appartement. Les deux petits font la sieste dans leur chambre. Tout d'un coup, je me lève comme une furie et je lui lance : « Tu n'es pas un père, tu n'es pas un mari, tu es un raté ! Tu n'as plus ta place ici ! Allez, maintenant, dégage ! »

J'ouvre la porte d'entrée et j'attends, les mains sur les hanches. Maman me regarde, terrifiée. Mon père, médusé, proteste : « Comment oses-tu lever la voix sur ton père ? » Déstabilisé, il appelle le

Coran à sa rescousse. « Dieu ne reçoit pas au paradis celui qui ne prend pas soin de ses parents… » Je ne le laisse pas finir sa phrase. Je vais chercher une couverture et un oreiller et je les lui jette à la figure. « Prends ça, monte à la terrasse et débrouille-toi. Je suis déjà trop gentille de te donner tout ça. Tu dégages ! »

J'ai le sang des Arabes. Il voit que je suis prête à tout et il prend peur. Moi je crie, je ne m'arrête plus, je le menace d'alerter les journalistes, de raconter à la police, à la télé, partout et à tout le monde, le mal qu'il m'a fait. Je lui promets que la terre entière va me croire parce que j'ai les preuves, les cicatrices, les marques de coups et de blessures, même si le pire ne peut pas se voir. Il finit par monter, furieux. Il pense sans doute qu'il n'en a que pour quelques jours à être exclu de chez nous et il essaie de revenir. Mais celle qu'il trouve derrière la porte n'est plus la fillette d'avant. C'est un monstre qui garde la maison. Mes yeux sont exorbités, ma haine le transperce.

Le voilà qui cogne à la porte. J'ouvre. Je le toise, les mains sur les hanches, le menton haut, comme le premier jour :

– Encore toi ! Qu'est-ce que tu veux ? Hein ? Qu'est-ce que tu veux ?

– C'est chez moi ici !

– C’est ça, va chez un juge, il te dira sûrement de récupérer ta maison et de mettre ta femme et tes enfants à la rue. Va te faire foutre !

– Tu as du sang arabe, tu n’es pas ma fille !

Il repart bredouille dans son terrier de la terrasse, comme un idiot.

Il a refait quelques tentatives, trois ou quatre fois, et puis il a laissé tomber. On a eu la paix pour de bon. Il s’est installé définitivement là-haut, dans une chambre minuscule et verrouillée qui donne sur la terrasse, au-dessus de chez ma mère. Il est seul et mendie pour se nourrir. Je vois juste à la position du cadenas s’il est dedans ou en vadrouille. Il m’arrive rarement de croiser son fantôme édenté. Il ne parle à personne, que pour grogner ou gueuler. Il vit tout seul comme un clochard sans que personne lui adresse la parole. Il était beau, il a perdu ses dents. Il avait une forme d’élégance, il est devenu sale, dégueulasse même avec sa longue barbe et les vieux habits que lui lèguent encore les gens de sa famille. Il se drogue du matin au soir et fait la tournée des popotes pour dealer sa came. Voilà le soi-disant sauveur que maman avait été obligée d’épouser pour quitter la maison familiale et échapper à la honte suprême de s’afficher comme une femme seule. Je l’ai enfin débarrassée de lui. Pour la première fois de ma vie, je suis fière.

Ma mère repense souvent à cette scène. Pour elle, ce jour où j'ai fichu mon père à la porte est le point de départ de notre vraie vie. Je m'amuse à la lui rejouer dans son appartement qui n'a pas changé, avec ses petites pièces en enfilade pleines de banquettes et de coussins brodés. On se met dans l'entrée, je vais chercher un oreiller et une couverture imaginaires, je me poste devant la porte fermée et je les flanque à hauteur des yeux de mon père comme s'il était là. Maman regarde, debout, les bras croisés. Sourit, acquiesce, ne dit rien. M'accompagne parfois d'un hochement de tête et d'un « inch'Allah ». Quand j'ai fini et que mon père fictif est parti, je reste là, devant la porte close, les mains sur les hanches. Alors elle éclate de rire et je vois bien qu'elle n'est pas bien loin de pleurer en même temps. Elle prend ses joues entre ses mains et me dit :

– Tu as été incroyable, je ne sais toujours pas comment tu as fait ! Il me faisait très peur. Tu nous as sauvé la vie.

– Il avait besoin de toi seulement pour se fournir en drogue et en clopes. Tu l'as détesté dès le début et tu es restée à le nourrir, uniquement parce que tu avais honte d'être divorcée !

– Oui c'est normal, inch'Allah. À seize ans, dix-sept ans, tu dois avoir trouvé un homme pour fonder une famille, tu te maries et puis c'est tout. Tu n'as pas le temps d'aimer quelqu'un. Moi j'étais déshonorée, j'étais bien contente d'en retrouver un. Il m'a battue tout de suite mais chez nous, dans les vieilles familles comme les nôtres, les sentiments c'est pour donner aux enfants. Aimer un homme, je ne sais pas ce que c'est. Chez nous l'amour c'est interdit.

– Arrête avec ça ! Non ce n'est pas interdit ! Regarde ton père et ta mère, comme ils s'aimaient d'amour ! C'est grâce à eux si j'ai voulu me marier plus tard. Je ne supporte plus cette maladie du cerveau, chez nous, qui rend bête au point de croire que l'amour est interdit aux femmes !

7

La télévision en plastique orange

La pauvre, je l'ai trop frappée. Il n'en reste plus rien. Elle a pris pour tout le monde, pour tout le mal que mon père m'a fait, pour tous les dessins animés que je n'ai pas pu voir, pour toutes les actrices qui m'ont fait rêver et que je n'ai pas pu être. Je l'ai jetée, cassée et recassée, puis je l'ai laissée dehors, devant la maison, pour qu'il ne puisse pas ne pas la voir, pour qu'elle le dérange et le tourmente comme un miroir qui l'obligerait à se contempler dans le fond de son âme.

C'est une petite télévision en plastique orange. Elle gît sur le sol, défigurée, écrasée, piétinée, dépitée, lamentable, elle qui a survécu à tant de crises et a été choyée comme un fleuron, un très rare signe de richesse, la fierté acquise par la famille dans les années quatre-vingt. La mettre en miettes et la balancer en bas de l'escalier, c'est la première chose que je fais après avoir expulsé mon père. Elle représente tout ce dont il m'a brimée. Ce que je ne pouvais pas voir quand il m'enfermait dans les toilettes ou dans ma chambre, en montant très fort le son des dessins animés pour me faire crever d'envie. La télévision orange, c'est le symbole de mon père, son double en plastique, son pantin, son fétiche, sa marionnette hideuse sur laquelle je peux enfin cracher ma haine et ma vengeance. Il faut qu'elle meure pour que ma vie commence. Mais il me reste à mettre à exécution la promesse faite à maman : travailler dur et gagner de quoi l'aider, pour qu'il ne revienne jamais.

Je veux qu'elle soit une princesse. L'homme de la maison, c'est moi désormais. Je suis belle à l'époque et, pour ne pas me sentir faible, je me fais moche exprès, je cache mes cheveux dans une casquette et mes fesses sous une tunique ample, je porte des baskets pour ne surtout pas risquer de séduire. Je n'imagine pas possible d'avoir un petit ami, je pense que ça me fera perdre ma force et mon autorité au sein de la famille. Quand j'en ai marre de ne pas être féminine, je pars danser en cachette sur la terrasse du riad de Mama Hadja. J'enlève mes chaussures, je ferme la porte d'accès à clé et je tourne, tourne, tourne ! C'est mon plaisir, le même que j'ai ressenti la première fois que j'ai vu l'océan à El Jadida.

Si je n'étais pas devenue actrice, je crois que j'aurais pu être une business-woman. De la minute où j'ai éliminé la télévision en plastique orange du paysage familial, je n'ai plus qu'une obsession : trouver de l'argent comme je l'ai promis à maman. J'ai quatorze ans. Mon collège n'étant pas loin de la maison, je peux me permettre de rentrer pour la pause de midi et c'est à l'heure du déjeuner, en flânant sur la terrasse, qu'une idée me vient. J'aime bien prendre le temps de monter là-haut et de humer les bruits de la ville, accoudée sur la balustrade. Devant, il y a les cours et les jardins de l'école primaire où j'allais, petite. Sur la gauche, l'embouchure de la touristique place Jemaa el-Fna. Face aux toits de Marrakech, je me laisse aller à méditer. Les rumeurs montent du quartier animé qui s'étend sous mes pieds : les cris des enfants dans la cour de l'école, les bavardages des passants devant les boutiques, les coups de pioches des chantiers sur la voirie. J'observe ce monde agité, je regarde les gens poser les pelles et quitter les bazars pour la pause-déjeuner. Trois types assis sur leur camion râlent à voix haute. Je les écoute distraitement. Ils parlent de leur pique-nique sans goût, toujours le même. Mais, tiens, j'en reconnais un des trois ! Du haut de mon perchoir, je l'appelle : « Eh, Ahmed, si j'ouvre une cuisine et que je vends des bons plats, tu me les achètes ? » Ahmed est partant pour goûter. Je me mets en cuisine et, le lendemain, je lui présente mon premier essai : un tagine d'agneau aux aubergines. Ça lui plaît beaucoup. Le lendemain, il rameute ses copains.

Le rythme est vite pris. Je me lève à 5 heures du matin pour acheter les pommes de terre, les éplucher, cuire la viande, préparer les légumes. À 7 heures 30, le tagine et les salades sont prêts, je vais au collège, je reviens le midi composer les sandwiches et je descends dans la rue afin de les vendre pendant la pause. Au début, j'en fais une dizaine. Je me donne du mal. C'est bon ! Le bruit se répand comme une traînée de poudre. Au bout de quelques jours, tout le quartier vient faire la queue pour acheter mes sandwiches. Problème : je suis assez vite dépassée par le succès et je ne peux y arriver seule. Alors maman s'y met avec moi. On trime ensemble à la cuisine, tôt le matin puis le midi. Cela devient une véritable entreprise. Jamais je n'avais imaginé qu'on gagnerait autant d'argent avec la bouffe.

Le business s'étend à la revente des produits, quelques mois plus tard. En allant chercher la garniture pour mes sandwiches, je découvre l'avantage d'accéder directement aux grossistes. En plus de ce dont j'ai besoin pour la cuisine, je leur prends en grande quantité des sacs de blé, des paquets de beurre, des pots de confiture et je les revends avec une marge. Ajouté au bénéfice des sandwiches, cela nous donne de quoi développer notre petite entreprise familiale. Maman dit toujours que c'est moi qui ai trouvé la solution pour nous nourrir, mais elle oublie que c'est d'elle que je tiens mon énergie. Avec le fonds de commerce que nous avons constitué, nous acquérons les moyens de voyager plus loin et d'aller négocier des produits de base de moins en moins chers à mesure qu'on s'éloigne de Marrakech. Maman se rend à la frontière des enclaves espagnoles dans le sud du pays et en revient avec du fromage, de la confiture, du savon, des vases. Des magasins de gros de Derb Omar, haut quartier commerçant de Casablanca investi par les Chinois, elle rapporte des vêtements, des couvertures ou des tissus avec lesquels elle fabrique elle-même des pyjamas, des robes, des blouses. La revente se passe dans son appartement.

La notoriété de Btissam Elmajahed s'installe par le bouche-à-oreille auprès des femmes du quartier et au-delà. Elle devient la reine des tissus. Je l'aide. Il m'arrive de faire deux fois par semaine l'aller-retour à Casa et de revenir avec des cartons de tissus. On gagne pas mal d'argent de cette façon et cela m'inspire une deuxième idée : pourquoi acheter cette marchandise-là à Casa, alors qu'on pourrait l'obtenir pour moins cher en allant la chercher où le grossiste se fournit lui-même : à la source, en Arabie saoudite ? On a maintenant de quoi investir dans des billets d'avion et avec 20 000 dirhams, se payer un aller-retour à La Mecque. En dehors de la période du mois de ramadan, les jeunes femmes n'ont pas le droit d'entrer en Arabie saoudite sans être accompagnées par un frère ou un mari, mais au-delà de quarante ans et si c'est en voyage organisé pour le pèlerinage, une femme d'un certain âge peut facilement obtenir un visa : il est admis qu'un seul homme prenne dix femmes de cet âge avancé sous sa responsabilité. La première fois, maman s'y rend avec ses parents, prêts à tenter l'aventure du pèlerinage.

Btissam découvre La Mecque et son souk international où affluent les marchands de soie indiens, malaisiens, turcs. Elle cumule tous les avantages : faire le ramadan, arpenter toutes sortes de souks et rencontrer des âmes charitables qui lui portent ses paquets. Elle en revient chargée de deux-trois valises de bijoux, d'objets, de tissus indiens et pakistanais. À Marrakech, c'est un triomphe. Le principe est acquis. Chaque année, elle s'envole pour La Mecque quelques jours avant le mois de ramadan et revient au Maroc avec la marchandise pour l'Aïd. Elle s'enrichit. Quand son père meurt en 2006, il lui laisse finalement une part d'héritage, même si les fils ont droit, quoi qu'il advienne, au double des filles. Elle entrevoit enfin la possibilité d'une existence plus détendue, ne se trouvant plus obligée de compter le moindre sou au jour le jour.

En lançant maman dans le business, j'ai tenu ma promesse et gagné ma liberté. Je peux désormais passer à autre chose, m'occuper de moi seule, faire à plein-temps et au grand jour ce à quoi je m'entraîne depuis toute petite en secret. Je serai une danseuse, je serai une actrice. Je serai une dame comme celles des films égyptiens de la télévision. Ma vraie vie commence.

8

Paris, les juifs, la révolution

Devant ma glace, je danse. Ces danseuses orientales en noir et blanc, vues et revues sur l'écran de télévision, je passe des heures à imiter leur silhouette. Je me déhanche, me dandine, me tiens les hanches des deux mains, me tire les cheveux vers le haut en choucroute, les relâche d'un coup de nuque. Seule ma mère connaît le secret de cet entraînement sans relâche. Même mes cousines qui partageaient ma chambre chez ma grand-mère ne sont pas au courant. Danseuse ? Actrice ? J'hésite encore. Je voudrais être les deux ensemble mais le métier d'actrice, dont je connais à présent le nom, me semble plus inaccessible encore. En attendant, je m'entraîne.

J'ai quinze ans et un bon bout de mission accomplie. J'ai viré mon père qui vit en grommelant et en fumant sa vie de proscrit sur sa terrasse, j'ai lancé ma mère dans son business de tissus entre La Mecque et Marrakech. Lycéenne, je m'occupe de mon frère et de ma sœur et j'ai atteint un niveau de danse suffisant pour me produire en public. Au début ce ne sont que des spectacles à la demande pour des soirées organisées dans des restaurants ou des riads privés. Le patron d'un restaurant branché de Marrakech me choisit même pour animer une première partie de soirée avant un concert des Gipsy Kings. À la fin du « show », je repars avec des cartes de visite et d'autres propositions. Mon nom circule. C'est parti.

Rares sont les grands hôtels-restaurants de Marrakech où je n'ai pas dansé au moins une fois. Le gré des rencontres, la chance, le fil en aiguille… les spectacles « tradition Mille et Une Nuits » sont prisés par les voyagistes et les touristes étrangères prises par le virus. Des hôtels intègrent des cours de danse orientale dans leurs programmes d'animations. De danseuse, je passe à professeur. La gérante d'un des hôtels où je donne des cours me commande un spectacle pour l'inauguration du restaurant qui s'apprête à ouvrir ses portes au même endroit. La gérante semble fière de la statue qui sera installée à l'entrée et qui ressemblera à un bouddha. C'est paraît-il un clin d'œil à un bar de Paris dont le nom ne me dit rien, situé juste derrière la place de la Concorde : l'excentrique et chic « Buddha-Bar ». D'ailleurs, poursuit la gérante avec enthousiasme, le célèbre disc-jockey et fondateur du Buddha-Bar, Claude Challe, résident de Marrakech, est attendu parmi les invités. Je n'ai jamais entendu parler non plus de ce monsieur célèbre mais le soir de l'inauguration, pendant mon spectacle de danse, je remarque un regard qui ne me lâche pas. Je suis fascinée et assez troublée. L'homme est barbu et ressemble à un pacha, vêtu de couleurs pétantes, couvert de bijoux indiens, des bagues plein les doigts. On m'expliquera plus tard qu'il est aussi connu comme une icône de la grande époque des Bains Douches, la célèbre boîte de nuit parisienne, et qu'il passait tout le temps à « Lunettes noires pour nuits blanches », une émission de télévision très branchée d'un certain Thierry Ardisson, dont je n'ai pas davantage entendu parler. En tout cas c'est lui, le roi de la nuit parisienne.

Il vient me parler et m'impressionne par son charisme, son rire communicatif et son allure de fêtard. Il veut tout de suite m'inviter à le revoir mais la copine qui l'accompagne ce soir-là n'est pas du même avis. Le temps passe. On se perd de vue. Et puis, plus d'un an plus tard, mon portable sonne et j'ai un léger sursaut en voyant son nom s'afficher. Il m'assure qu'il a fait une erreur de numéro : il cherchait en fait à joindre une autre Loubna, la ligne du dessus ou du dessous sur son portable. Peu importe, l'occasion est bonne de m'inviter chez lui. Il habite un grand appartement à terrasse au centre de Marrakech.

De ce jour, on ne se quitte plus. Je ne suis pas très amoureuse de lui mais son extrême gentillesse envers moi me surprend. Je n'en ai pas l'habitude. J'ai seize ans, lui la soixantaine et cela ne me gêne pas davantage. Ma mère se fiche tout autant de cette différence d'âge. Tout cela n'est rien à côté du vrai problème : Claude est juif ! Impossible de me résoudre à une révélation si dramatique : je ne le dis pas à ma famille. Lui et moi n'avons d'ailleurs pas le droit de nous marier, à moins de conversions impossibles. Pour rassurer les uns et les autres, on organise un simulacre : une fête de mariage chez Mama Hadja. Mon grand-père est encore vivant. Il y a de la musique, de la danse, des amis de Claude, les miens, mes tantes, mes oncles, mes cousins. Claude apporte des bijoux, des fleurs et des gâteaux et me les offre devant ma famille, ainsi que la tradition l'exige. C'est notre mariage, tout le monde y croit alors qu'il n'y a aucun papier ni aucune reconnaissance officielle. Mais les photos sont là et les souvenirs d'une fête heureuse qui valent plus qu'un contrat.

Mes cousines, ce jour-là, n'arrêtent pas de se moquer de moi parce qu'il est vieux… et parce qu'elles lui trouvent l'air juif. Elles n'en savent rien et elles lancent le mot par hasard mais elles réussissent à m'énerver. Asma me dit : « Regarde notre grand-père : il est beau, il porte sur son visage la signature de l'islam, le charme des musulmans. Ton mari, il est vieux, il a l'odeur des juifs ! » L'odeur des juifs, ça fait partie des clichés et des expressions toutes faites. À l'époque, je trouve normal les horreurs que tout le monde répète sur les juifs, en les assimilant aux Israéliens qui eux-mêmes ne sont vus que comme « les tueurs des enfants de Gaza ». Je ne suis pas offusquée que ma cousine dise du mal des juifs, mais blessée qu'elle critique l'odeur de Claude. « Tu dis n'importe quoi ! lui réponds-je. Claude sent très bon ! Il met toujours du parfum, il n'est peut-être pas beau mais il est sympa et il a un sourire magnifique. Et puis Claude n'est pas un mauvais juif : il n'est pas israélien… »

Je me perçois en décalage avec mes cousines car ma relation avec cet homme a déjà commencé à entamer les préjugés sur les juifs qui font partie de la base de la culture arabe. J'essaie de les convaincre de ce que j'ai déjà appris avec lui : « Les filles, vous savez, les juifs sont en fait les cousins des musulmans. Il y a un peu de différences entre nos religions, mais à la fin ça revient au même. Et puis vous verrez : dans quelques années ce sera moi la gagnante et pas vous. Je voyagerai, je découvrirai la vie, Claude m'aidera à trouver un vrai métier dans la danse et pourquoi pas à devenir une grande actrice. En tout cas j'aurai appris beaucoup de choses que vous ne saurez jamais. » Quant à maman, elle reste convaincue encore aujourd'hui que nous nous sommes mariés pour de bon et elle ignore que mon désormais ex-« mari » était juif.

Je l'ai perdu de vue. Mais je suis tombée sur ce livre de lui *Party de vie*, qu'il a publié en 2006 (éditions du Panama). Il y consigne notre rencontre sans préciser mon nom de famille. Claude n'a visiblement pas le même souvenir que moi sur certaines choses : d'après lui, je n'avais pas seize ans lorsque nous avons commencé à vivre ensemble mais vingt… il doit confondre avec l'âge que j'avais quand nous nous sommes quittés. Le reste du récit est lacunaire mais à peu près conforme à ma mémoire. Il commence par ce soir où il s'est malencontreusement endormi, au point de ne pas entendre la sonnette ni les multiples coups de téléphone de la petite copine (elles devaient même venir à deux, croit-il se souvenir) qu'il a invitée(s). Il écrit :

« Je décide alors d'appeler une amie, Loubna, et je me trompe de Loubna. Il y en a beaucoup au Maroc ! J'entends à l'autre bout du fil : "Ça fait longtemps, très longtemps, que j'attends ce coup de téléphone...” Surpris, je réalise que c’est une danseuse orientale, croisée il y a presque un an lors d’une soirée mémorable. La joie me transporte presque malgré moi, et je comprends alors que sans le savoir, elle m’avait manqué pendant tout ce temps. »

Il la retrouve alors dans un bar où, raconte-t-il, elle l’a invité à venir voir son spectacle.

« Elle dansait avec grâce, avec un sourire épanoui, elle était dans la musique. Depuis ce soir-là, on ne s’est plus quittés. Nous étions en juin, elle devait se marier au mois de juillet... Je ne me doutais pas qu’une nouvelle histoire me serait offerte par le Maroc. »

Je devais me marier ? Moi ? Non. Quand je rencontre Claude, j’ai seize ans, je suis libre, je n’ai pas l’intention d’épouser quiconque et mon père en exil sur sa terrasse n’est plus en mesure de m’obliger à quoi que ce soit. J’ai envie de suivre cet homme parce qu’il me rend heureuse et qu’il me propose de m’emmener vivre en France. Vu d’où je viens, que pouvais-je espérer de mieux ? Je découvre Paris avec lui. La première fois qu’il m’emmène dans son appartement du quartier de la Bastille, j’ai un choc. C’est la caverne d’Ali Baba. L’ascenseur arrive directement chez lui. À l’intérieur, ça sent l’encens. Il y a des bouddhas partout, des meubles indiens en bois marron, des cendriers et des tas de petits objets d'Inde. Et une grande télé, des CD et des disques partout.

En apparence, c'est le paradis. Claude n'est pas seulement célèbre à Paris, mais dans le monde entier en tant que DJ et fondateur du Buddha-Bar. Je l'accompagne partout, de la Thaïlande aux Maldives, des États-Unis à Dubaï ou au Mali. On passe notre temps dans les jets, les hôtels de luxe, les fêtes avec des stars et des gens paraît-il importants dont je n'ai jamais entendu parler. Ça me fatigue. Ce n'est pas ma vie. Où qu'on se trouve, à Paris ou à l'étranger, il faut faire la fête tous les soirs. Je suis très jeune, gentille, je ne connais rien et ma naïveté fait office de jouet auprès de certains amis de Claude. Lors d'une fête dans un palais incroyablement luxueux au Maroc, je regarde avec émerveillement la piscine illuminée par le fond. Bêtement, je m'extasie auprès d'un convive : « Tu as vu ? C'est magique ! » Il rigole et il me dit : « Les lumières que tu vois dans le fond, ce sont des diamants et ils ont été mis là pour toi. Tu peux aller les chercher, c'est un cadeau. » Je descends dans la piscine avec mes vêtements et j'essaie en vain d'attraper les lumières. Quand je ressors trempée sans mes diamants, tout le monde se moque de moi. Une autre fois, alors que je m'étonne devant un plat de sushis et que je demande ce que c'est que ce truc cru, des gens me conseillent d'essayer d'avaler d'abord une cuillerée de moutarde verte… et éclatent de rire à me voir tordre la bouche au bord de l'incendie. Claude ne trouve rien à redire à ce genre de blagues. Il rit de bon cœur avec eux. Je suis humiliée, mal à l'aise. Il m'expose comme un trophée. On cumule ces soirées où il faut mettre des talons, boire, danser, être présentée à des inconnus, échanger des paroles sans intérêt et se mentir toute la soirée. Ce n'est pas mon truc. Je conclus que je ne suis pas quelqu'un de « branché », comme ils disent. Cette existence ne me convient pas.

Vue du Maroc, j'ai la vie la plus belle du monde. Pour ma mère et ma grand-mère – qui ne savent donc pas que mon mari est juif ni qu'il n'est pas mon mari –, tout est bien comme il faut, parfaitement conforme à la morale : je suis une femme entretenue par un homme d'au moins quarante ans de plus que moi et riche : donc tout va bien, je ne suis pas une pute ! Souvent je me pose la question quelle est la différence entre moi, qui par ma manière de vivre à l'époque ai droit au respect et aux honneurs de ma famille, et les femmes obligées de se prostituer qui s'attirent insultes et mépris ? Cette hypocrisie me met en colère.

Je les aime malgré tout, ces années parisiennes, même si les voyages incessants ne me laissent jamais rester tranquille à Paris plus de deux ou trois semaines de suite. De 2002 à 2006, cette période me transforme de fond en comble et m'ouvre les yeux, grâce à Claude, sur des choses essentielles. Il me paye des cours de théâtre, je fais de la danse, on voyage énormément, on voit des centaines de films au cinéma, des pièces de théâtre. Un spectacle de Mnouchkine au Théâtre du Soleil me subjugue. Je dois à Claude cette plongée fabuleuse dans la culture française et internationale. Grâce à cette vie de jet-setter que je n'aime pas, j'ouvre les yeux. Je constate que l'argent et la richesse qui m'ont fait tellement envie ne rendent pas heureux. Au fond, les milliardaires qu'il fréquente sont presque tous des types malheureux, très seuls, qui pleurent parce que leur chat est malade et qui s'inventent des problèmes pour se donner le sentiment d'exister.

Autre découverte importante pour moi : Claude m'introduit à ce monde des juifs dont j'avais entendu chez moi pis que pendre. Avec lui je rencontre beaucoup de gens adorables, pas du tout ressemblants avec les méchants des films égyptiens que je regardais à la télé à Marrakech. Dans l'entourage de ma mère et de mes grands-parents, il était acquis que les juifs étaient forcément riches, menteurs, profiteurs, tueurs de Palestiniens, exactement comme il était acquis que les actrices étaient forcément des putes. À Paris, toute ma tête est en révolution. Je me débarrasse de ce que j'ai appris, j'apprends à savoir ce que je veux devenir. Autant ne pas être modeste : je serai une danseuse internationale. Et une actrice, peut-être, si Dieu le veut. Dans tous les cas, je serai libre.

L'histoire avec Claude s'achève en 2006. Ça ne va plus trop entre nous et pour finir il n'a qu'un mot : « Pars. » Je n'ai même pas le temps de rassembler mes vêtements. Il me laisse comme ça, avec un billet d'avion et 500 euros par mois qu'il continue à m'envoyer pendant quelque temps. Il me dégote un job de danseuse dans un restaurant marocain de Milan. L'expérience est de courte durée. Les clients s'imaginent que je suis là pour coucher avec eux. Je m'en offusque auprès du gérant, qui me répond : « Soit tu acceptes ce qu'ils demandent, soit tu t'en vas. » Je m'en vais. Je m'installe à Marrakech tout en continuant de me produire comme danseuse en Europe, pour des fêtes de mariage ou des soirées de luxe. Un jour de 2006, à l'aéroport de Bruxelles, je discute avec un passager en attendant mes valises. C'est le coup de foudre. Bernardo, un entrepreneur brésilien, va devenir mon mari et le père de ma petite Luna.

Je le rejoins au Brésil puis nous repartons vivre à Marrakech, où notre fille naît en 2009. J'ouvre une boutique de lingerie pour femmes tout en travaillant comme danseuse – jamais dans les cabarets ou les bars : après l'expérience pénible de Milan, non merci. Je donne surtout des spectacles bénévoles pour des causes qui me touchent, telle cette association pour sourds et muets, en 2010. Après m'avoir vue danser, la présidente de l'association vient me voir :

– Qui a réalisé ton spectacle ?

– C'est moi !

– Tu as fait ça toute seule ? Les costumes, la lumière, la scénographie, la chorégraphie ? Tu es une bonne actrice. Tu devrais prendre des cours de théâtre.

– Mais c'est trop tard, je travaille, je suis déjà une maman !

– Mais rien n'est jamais trop tard dans la vie !

La femme qui prononce ces mots est une célèbre comédienne marocaine, Naima Lemcherqui. Dans la foulée elle appelle un ami à elle, Hassan Hamouch, dramaturge et enseignant de théâtre, et lui demande de m'inscrire à la Maison de la culture où il officie, dans le quartier de Daoudiate à Marrakech. Pendant trois ans, je ne manque pas un cours. Tous les profs sont des artistes et non seulement j'apprends beaucoup sur la dramaturgie et la maîtrise du corps sur scène, mais les relations avec les étudiants me font vivre une sorte d'adolescence que je n'ai jamais connue. Je suis mariée, mère et j'ai pris l'habitude depuis longtemps de payer un chauffeur, n'ayant jamais réussi à surmonter ma phobie de conduire. Pour faire comme eux et me sentir normale, je me mets à prendre le bus ou à venir à pied, je partage avec eux des sandwiches au thon à l'heure du déjeuner devant le centre. Ça me fait du bien.

Au terme de la deuxième année, mon prof de dramaturgie, Hassan Hamouch, m'invite à passer un casting pour l'une de ses pièces, l'histoire d'un caïd pendant la colonisation française. Il a besoin d'une actrice qui sache aussi danser et j'ai la chance d'être retenue. C'est la première fois que je monte sur scène avec des professionnels. Lors de l'avant-première de la pièce, à la Maison de la culture, un réalisateur-producteur et un acteur de Marrakech, Daoud Aoulad-Syad et Abdellah Ferkous, me remarquent. Ils me proposent un rôle important dans un téléfilm. Quelques jours plus tard, la troupe est conviée à jouer la pièce au théâtre Mohammed-V à Rabat. Tout le gratin du cinéma et du théâtre national est invité à l'avant-première. À nouveau, je repars de là avec des propositions de téléfilms.

Je commence en 2010 en faisant des apparitions dans une série télévisée, *La Voix des femmes*, une sitcom où des femmes journalistes jacassent dans un bureau, avant de me mettre au téléfilm de

Daoud Aoulad-Syad et Abdellah Ferkous. C'est une comédie intitulée *Zmane Kenza*, un truc fait de bric et de broc et de situations qui ne veulent rien dire, comme seuls savent en faire les Marrakchi et dont les Marocains raffolent. Les suivantes sont du même genre : je joue la femme qui donne des ordres à son mari, ou la danseuse espiègle mariée à un vieil étranger, ou même une prostituée dans un téléfilm dont le titre, *Ben X*, signifie « le fils de X » et n'est pas du tout un film porno, de même que mon rôle n'est assorti d'aucune scène compromettante.

Les projets s'enchaînent. Je n'ai plus le temps pour la danse, la carrière d'actrice à laquelle j'avais pourtant du mal à croire s'engage bel et bien. Pièces de théâtre, téléfilms, séries télé… je n'arrête plus. Je poursuis simultanément les cours de théâtre. J'écris aussi des scénarios de courts-métrages que je glisse à des réalisateurs et des producteurs qui les refusent mais que je retrouve par la suite adaptés dans des téléfilms, sous un autre nom…

En me recommandant ces cours de théâtre, Naima Lemcherqui aura été mon étoile. Elle a sa place d'honneur sur mon mur, dans les toilettes de ma maison à Marrakech. Un endroit bizarre, me direz-vous, pour y mettre la photo d'une personne si chère, mais c'est là que j'ai affiché les portraits de toutes celles et tous ceux qui ont compté dans ma vie professionnelle. Les toilettes sont une pièce précieuse, celle du temps que l'on prend pour soi-même sans se gêner et je la soigne particulièrement chez moi. Il manque la photo de ma prof d'arabe qui me laissait sécher les cours pour aller au cinéma. La plupart des autres sont là : professeurs de théâtre, réalisateurs, acteurs, actrices, amis, parce que je les admire ou qu'ils m'ont aidée à un moment de mon parcours chaotique. Comme on le verra, la polémique sur le film *Much Loved* et mon agression en feront disparaître un certain nombre : ceux qui se joindront à la meute pour me conspuer et me faire du mal, je les virerai des toilettes illico ! Cela ne risque pas d'arriver à Naima Lemcherqui.

9

Abidar khatar

Je plais, je déplais. C'est comme ça. Je ne suis pas comme elles sont, je ne suis pas comme ils veulent. La catastrophe de ma naissance a scellé mon destin : je suis la fille qu'ils n'attendaient pas, je ne suis pas le garçon qu'ils attendaient, je suis l'Amazigh qui fiche la pagaille chez les Arabes, je suis la femme qui brouille et qui dérange.

Dès que je débute ma carrière dans les téléfilms, je ne corresponds pas au style des actrices marocaines. Mes minijupes ou mon absence de maquillage ne sont pas habituelles. Pas une comédienne ne parle arabe comme je le fais, avec une sorte d'accent de Marrakech mâtiné d'autre chose, qui doit tenir du berbère. La langue des Amazighs suscite les moqueries des Arabes. Je ne la maîtrise pas et je dois en avoir quelques traces. À vrai dire, j'ai l'accent Abidar : un mélange de marrakchi, d'amazigh et de moi-même.

Mes prises de position ne sont pas jugées convenables. Je choque les Marocains parce que je m'exprime sur des sujets qui les gênent, que ce soit sur ma page Facebook, dans les médias ou dans les associations pour lesquelles je m'engage. Ce n'est pas de ma part une posture ni une volonté de provoquer, c'est ma personnalité qui agace. Je me mêle de ce qui ne me regarde pas, je participe à des réunions féministes, à des organisations de soutien pour les pauvres, pour les jeunes femmes ou pour les vieux atteints de la maladie d'Alzheimer. Je me rends dans les villages de montagnes aux alentours de Marrakech pour y jouer des pièces de théâtre, je fais le clown pour les enfants. J'essaie d'aider en apportant ce que j'ai, c'est-à-dire pas grand-chose : des gâteaux pour le mois de ramadan, mais surtout mon énergie.

À l'époque de mes débuts au cinéma, à partir de l'année 2010, il m'arrive souvent de discuter avec des adolescentes dans ces villages. Je vois et j'entends beaucoup de souffrances. Toutes, elles n'ont qu'une attente : un mari et des enfants, c'est le maximum à quoi elles peuvent aspirer. Descendre en ville pour étudier n'est même pas de l'ordre de l'envisageable : c'est « *haram* » (péché), puisqu'une fille est faite pour rester aider à la maison et attendre ledit mari. Les viols familiaux sont presque systématiques. Parler avec ces filles m'aide à ouvrir les yeux sur ce que j'ai vécu moi aussi. Je me rends compte à quel point je ne suis pas une exception. Cette hypocrisie généralisée des hommes vis-à-vis des femmes, ce qu'ils leur font subir tout en exigeant leur virginité, est insupportable. J'ai l'intention de consacrer ma vie à essayer non pas de changer le monde mais au moins cet ordre des choses. C'est un combat gigantesque contre un ensemble de forces très installées qui s'imbriquent : la religion, les mentalités, la politique… En réfléchissant à ce que je pourrais faire à mon échelle, à la mesure de ma petite personne, je commence par écouter ces filles. Je leur prodigue des conseils : « Tu attends un mari, d'accord. Mais entre-temps, fais autre chose : monte une association de village avec tes copines, organise des concours pour produire par exemple le meilleur œuf de la région, le meilleur lait de la région, va le vendre, et avec cet argent aide d'autres gens… »

Le sens que l'on veut donner à sa vie est une chose qui mûrit de jour en jour. Je prends conscience peu à peu que devenir une actrice reconnue n'est pas mon objectif, plutôt un moyen pour exposer cette réalité au monde et apporter à ces femmes la voix qu'elles n'ont pas.

Comme par hasard, au fur et à mesure que cette pensée se précise en moi, mon nom devient un objet d'agacement et de colère. « Abidar » tourne sur les réseaux sociaux. Quand je joue des petits rôles dans des téléfilms, on m'aime bien. Quand je parle de questions importantes, on me déteste. S'ajoute à cela, en décembre 2014, une polémique avec un producteur, réalisateur et acteur marocain, Saïd Naciri. Il m'engage pour jouer le premier rôle dans *Les Transporteurs*, un film comique qu'il réalise et dans lequel il est également acteur. Je ne signe pas de contrat, comme cela arrive. Mais au moment d'être payée, je me retrouve devant une condition non dite : il faut que je couche avec lui ! Non seulement je refuse, mais je clame partout, publiquement, sa scandaleuse exigence. Ce qui devait arriver arrive : il m'accuse d'être une pute. Évidemment. Quel autre mot vient à la bouche d'un homme quand une femme s'oppose à lui ? Nous sommes toujours en procès aujourd'hui, et s'il espère que je vais finir par me lasser, il n'a pas compris qui j'étais : tant que je serai vivante, je ne le laisserai jamais tranquille. J'ai dit la vérité et je continuerai à la dire.

Ma réaction publique fait scandale. Quel choc ! Comment ose-t-elle ? Au Maroc, c'est la première fois qu'une actrice, tête d'affiche qui plus est, dénonce une réalité connue de tous et cependant taboue. C'est ainsi que je me retrouve, moi, Loubna Abidar, seule à affronter les habitudes ancestrales d'un milieu, le cinéma, et plus généralement de la société marocaine et de tout un monde tenus par les hommes. À la faveur de ce procès médiatisé, des femmes sortent du bois. Une actrice d'origine marocaine installée à Dubaï, Mayssa Maghrebi, vient à ma rescousse en confirmant publiquement l'existence de cette coutume inavouée, l'obligation qu'ont souvent les actrices de satisfaire les désirs des réalisateurs pour être embauchées et payées. D'autres jeunes comédiennes comme Ilham Ouaziz commencent à parler. Des Égyptiennes s'y mettent aussi. Jamais dans l'histoire du cinéma au Maroc une actrice n'avait osé pareille révélation, ni a fortiori obtenu un tel écho.

Le tremblement de terre que je suscite est une satisfaction : j'ai la naïveté de penser que je contribue à bousculer les mentalités. Sauf qu'en échange de cette victoire, je dois subir la contrepartie : le début d'un interminable cauchemar sur les réseaux sociaux. Abidar ? Une pute ! La preuve : je bois de l'alcool et je fume des cigarettes. À mes détracteurs, je réponds avec mon accent marrakchi cuisiné à ma façon, ce ton un peu minaudant que les femmes jugent « hautain » et que les hommes comparent à

« du miel lourd ». Publiquement, je leur dis : Vous êtes habitués à l'hypocrisie, eh bien moi je ne suis pas diplomate et je vais continuer à vous scandaliser. Jamais vous ne m'arrêterez, jamais je ne me tairai. Je bois ? Oui ! Je fume ? Oui ! En quoi cela vous regarde-t-il ? En rien ! Est-ce que c'est vous qui me l'offrez ? Non ! C'est ma santé, mon corps, ma relation avec Dieu, ce Dieu qui ne vous a pas donné le droit de me juger.

Parallèlement à mon conflit public avec Naciri, alors que les salles de cinéma de Casablanca, de Rabat ou de Marrakech arborent les affiches des *Transporteurs* avec mon visage en gros plan, je travaille sur un autre film : *Much Loved*, de Nabil Ayouch. On ignore encore qu'il sera interdit au Maroc mais le sujet, la prostitution, excite déjà les esprits. Les rumeurs vont bon train. Nabil Ayouch n'est pas une cible : c'est un homme, un réalisateur franco-marocain respecté. Moi, je suis une femme, je dis ce que je pense, je dénonce le comportement des hommes. Bref, je dérange et j'énerve.

Une nouvelle polémique vient alors se greffer sur la première. La gamberge générale sur mon rôle de prostituée dans le film de Nabil Ayouch se mélange aux échos de ma bataille avec Saïd Naciri et aboutit à un cocktail poisseux. J'essuie les tirs croisés et les insultes sur internet.

Dans ce contexte, j'accepte de participer à « La cage de l'accusé », une émission politico-divertissante sur Med Radio, chaque vendredi en fin de journée. C'est en mai 2015. *Much Loved* doit être présenté quelques jours plus tard au Festival de Cannes. Le journaliste veut m'interroger à la fois sur le film, sur mon procès avec Naciri, sur mes prises de position en faveur des femmes. Je m'installe face à lui dans le studio. Il se la joue très décontracté, avec sa chemise ouverte à manches courtes. Moi, j'ai mis un chemisier à fleurs qui me donne une apparence douce et féminine, inversement proportionnelle à mon humeur que cette atmosphère agressive a rendue mauvaise. Les questions du journaliste ne contribuent pas à m'amadouer. Je fais semblant de le trouver drôle mais il m'énerve dès le début avec son air content de lui. Il commence par plaisanter sur mon nom. La suite donne en substance cet échange :

– Notre « accusée » du jour – que Dieu nous protège ! – c'est Loubna Abidar. Ton nom, ça se prononce Abidar ou Abidor ?

– Abidar. Et il vaut mieux faire attention à moi, je suis Abidar « *khatar* », « le danger ». Abidar la dangereuse.

– Oh, mais oui tu es khatar ! Tu provoques les Marocains pour te faire remarquer. Tu t'en fous qu'on dise que tu es une prostituée ou quoi que ce soit, du moment que tu deviens célèbre !

– Toi je te déteste, tu es un journaliste du Makhzen (affilié à la cour du roi).

– Mais tu es en train de m'attaquer ! Vraiment, tu es dangereuse !

– Oui, je suis dangereuse quand il le faut avec les hommes, et surtout avec des gens comme toi.

« Abidar khatar » : l'expression enflamme aussitôt les réseaux sociaux. Loin d'éteindre l'incendie, je le rallume chaque fois que l'occasion m'est offerte : « Oui, je suis dangereuse, je fais peur aux Marocains, je fais peur aux Arabes, je fais peur aux journalistes… » Surnom estampillé.

Quand je revois les rares photos de moi, toute petite, je me dis qu'on aurait dû m'attribuer ce surnom depuis longtemps : je ne souris presque jamais. J'ai toujours l'air énervée et sauvage. Maman m'assure que je criais pour un rien et que je ne craignais déjà personne. Il est vrai que j'ai longtemps gardé un couteau sur moi, caché dans ma chaussette, depuis le jour où j'ai chassé mon père. Au fond de moi, j'avais peur en permanence mais je m'employais à afficher le contraire, que l'on sache que j'étais l'homme de la maison et que je protégeais ma famille. Devant chez ma mère, dans la rue, je sortais mon couteau et je le brandissais devant les types qui s'occupaient du stationnement en criant. C'était efficace : je me faisais respecter.

Avec aussi la conviction chevillée au corps, sans doute un peu folle, que je pouvais sauver le monde. En même temps je n'oublie jamais d'où je viens, jamais je ne cesse de revoir cette image de moi sur la place Jemaa el-Fna, à essayer de vendre mes gâteaux. Quand je me promène dans la rue, je cherche des yeux les enfants à aider, les petites Loubna qui auraient besoin d'un biscuit ou de quelques euros. Et si dans un magasin je vois des gamins rêver sur des bonbons ou des jouets que leur mère n'a visiblement pas les moyens de leur offrir, je les leur achète en cachette.

Je suis prise dans cette turbulence, à vouloir afficher ma force pour cacher ma faiblesse. Faire peur est l'arme que je me suis trouvée pour protéger ma liberté. Je suis Abidar la dangereuse. Abidar khatar. En arabe, la rime est menaçante comme un roulement de tambour.

10

Le vrai faux mensonge

Au début de l'année 2014, le bruit circule que Nabil Ayouch s'apprête à tourner un film sur les prostituées. Pour rien au monde je ne peux rater cette occasion. Pour moi, jouer dans un film d'Ayouch, c'est déjà Hollywood : j'admire son œuvre, surtout *Ali Zaoua prince de la rue*, sur les enfants des rues à Casablanca et qui a été présélectionné aux Oscars en 2001 et *Les Chevaux de Dieu* en 2012, sur des jeunes convertis à l'islamisme radical. Je veux absolument travailler avec lui.

J'appelle le directeur du casting. Inutile d'essayer, me répond-il : Nabil ne veut pas faire appel à des actrices professionnelles mais à de vraies prostituées. C'est un choix artistique dont le réalisateur franco-marocain a fait l'une de ses marques : s'aventurer parfois à faire travailler, plutôt que des acteurs professionnels, des personnes expérimentant au quotidien la réalité des problématiques qu'il aborde.

Je raccroche et je reste un moment assise à réfléchir. Je n'arrive pas à renoncer. Le fait que je sois déjà actrice ne saurait être un obstacle : les prostituées, je les connais comme si c'était moi. Ce sont mes amies. J'ai grandi à côté d'elles dans la rue. À l'époque où mon père me frappait et me faisait des horreurs, celles qui « travaillaient » dans notre quartier étaient toutes très gentilles avec moi. Elles voyaient mes traces de coups, me parlaient, m'offraient des bonbons, me faisaient des bisous alors même que ma propre mère ne m'embrassait jamais. Leurs histoires, je les connais par cœur et cela s'est joué de justesse qu'elles ne soient pas les miennes. J'ai la chance d'être débrouillarde et d'avoir gagné de l'argent assez facilement en montant un business avec maman. À seize ans, je suis partie vivre avec un homme très riche, Claude, puis j'ai rencontré mon mari, Bernardo. Prostituée, je n'ai simplement pas eu le temps ni le besoin de l'être. Sinon, vu mon enfance et les conditions de vie de ma famille, je le serais sans doute devenue. C'est aussi pour cela que je respecte infiniment ces femmes et que je les défends.

J'ai compris pour la première fois le sens du mot « prostituée » au milieu des années quatre-vingt-dix. C'était au hammam de Bab Doukkala, à Marrakech. J'avais dix ou onze ans. On commençait à célébrer le mariage d'une copine de ma mère, une fête dont le point de départ, autour de la mariée, est toujours le hammam. Je m'étais installée dans la pièce la plus chaude et j'étais intriguée par une femme d'une quarantaine d'années couverte de bijoux en or qui parlait méchamment aux trois filles qui l'accompagnaient. La plus grande devait avoir dix-huit ou dix-neuf ans, les deux autres n'avaient pas l'air beaucoup plus âgées que moi. La dame était vulgaire, très grosse, très laide. Elle portait un tas de bracelets, de bagues énormes, de colliers, tout en or, dont une chaîne autour du cou avec un œil bleu en pendentif, censé protéger du mauvais œil. Elle déambulait avec aisance dans le hammam, visiblement très contente d'elle, sûre de son importance et de sa beauté – qu'elle n'avait pas. Elle était nerveuse et donnait des ordres aux filles d'une voix forte et déplaisante.

La plus grande était très belle, calme et semblait perdue. Je me suis approchée d'elle et on a parlé. Elle m'a dit qu'elle avait dix-huit ans, elle attendait un bébé et n'était pas mariée. Je n'ai rien compris. « Si tu n'es pas mariée, comment tu as fait pour tomber enceinte ? » lui ai-je demandé naïvement. Elle m'a souri. La grosse dame est arrivée, lui a crié dessus et l'a ramenée comme une esclave. Je suis allée raconter ça à ma mère. « Pourquoi cette dame est-elle si méchante avec ses filles ? » Elle m'a répondu : « C'est une maquerelle. Une femme très sale. Ce ne sont pas ses filles, ce sont des putes. »

Depuis ce jour je me suis prise d'affection et de tendresse pour les putes. J'ai commencé à les fréquenter, à les écouter. Je les entendais dans les salons de coiffure du quartier raconter comment leur famille les rejetait, comment les hommes les maltraitaient. Je leur posais des questions bêtes : « Mais pourquoi ne vas-tu pas te plaindre à la police ? » Elles rigolaient : « Mais c'est moi qui serais arrêtée ma petite ! » Je trouvais ça horrible. Moi qui me croyais l'adolescente la plus malheureuse du monde avec le père que j'avais, je me trouvais finalement privilégiée.

Voilà pourquoi, en entendant parler du film que prépare Nabil Ayouch sur la vie d'un groupe de prostituées de Marrakech, je suis à ce point déterminée. C'est pour elles que je veux participer à ce film. Pour montrer aux hommes qui les méprisent la vérité de ces femmes blessées, souvent très pauvres, obligées de se vendre pour faire vivre leur famille. Pour elles, ces rêveuses et ces guerrières qui donnent l'amour à tout le monde sans jamais rien recevoir. Et au-delà d'elles, pour toutes les femmes que les hommes traitent de putes dès que ça les arrange.

Après avoir été éconduite par le directeur de casting de Nabil Ayouch, je continue à gamberger. Je suis chez moi, à Marrakech, et soudain, au milieu de la nuit, j'ai comme une illumination : il veut des prostituées ? Mais j'en suis une ! Ma grand-mère me l'a toujours dit : je suis une actrice, donc je suis une pute ! Mon idée m'enchante. J'en ris toute seule. Le lendemain, je réserve un hôtel à Casablanca et je prends la route. Direction : le bureau de Nabil Ayouch.

Arrivée à l'hôtel, je me mets aux préparatifs. Je prends une douche, j'enfile des collants, une robe noire courte et coquine. Plein de bijoux. Beaucoup de maquillage. Une perruque avec des cheveux noirs et bien raides, comme les Saoudiens les aiment. Je me déguise en prostituée, la plus vulgaire que tu puisses imaginer. Et je me rends en taxi dans les bureaux du réalisateur où il auditionne ses futurs comédiens. Une population hétéroclite de dealers, putes, maquereaux, travelos, chauffeurs de taxi, s'est mise à défiler soudain dans cet immeuble du quartier chic de Hay El Hanaa, à Casa. Je me présente à l'accueil à l'heure du déjeuner.

D'un air dégagé, j'annonce à la secrétaire : « Je suis prostituée, je viens voir M. Ayouch. » Elle me fait passer dans la salle d'attente où quatre filles patientent déjà. La situation est assez comique. Elles sont bien habillées, joliment et discrètement… tandis que moi, j'ai l'air de sortir du Moulin Rouge ! Elles se sont pomponnées avec élégance pour l'occasion, moi j'ai au contraire forcé les traits, pensant ainsi être bien déguisée. Je me sens gourde, hors sujet. Tant pis, il est trop tard pour reculer.

C'est mon tour. Je m'installe face à Nabil. Je parle pendant deux heures. Toutes les histoires que je tiens de mes amies des rues, des salons de coiffure et des hammams, je les fais miennes. Je raconte cinquante mille anecdotes qu'elles m'ont transmises, avec leurs mots. Mon enfance, mon parcours de prostituée, ce monde que je connais d'autant mieux que j'aurais pu en faire partie. Nabil m'écoute. Je sens que ma prestation le bluffe. À la fin, il me propose de revenir le lendemain pour des essais.

La première étape est franchie : il ne m'a pas reconnue. Nabil Ayouch ne regarde jamais la télévision, il n'est pas sur les réseaux sociaux. Mon expérience d'actrice au théâtre et dans des téléfilms, autant que mes prises de position polémiques, lui ont échappé. Il ne voit que du feu dans mon jeu de prostituée. Quand il me demande de revenir le lendemain, cela me plonge dans un sentiment ambigu et contradictoire : je suis fière de l'avoir convaincu et mal à l'aise de l'avoir trompé. Après une très mauvaise nuit, je me représente devant lui le jour suivant. Cette fois, je ne suis plus là pour raconter mon histoire mais pour jouer des scènes semblables à celles qui figureront dans le film à venir. C'est un échec. Je ne suis pas bonne, j'en fais trop. Autant j'avais été authentique la veille, autant là je surjoue, je fais l'actrice. Je le ressens intimement et je lis la déception dans son regard. Je vacille, je perds pied. Tout d'un coup, j'éclate en sanglots.

– Loubna, qu'est-ce qui ne va pas ? Qu'est-ce qui t'arrive ?

– Je peux pas… Je peux pas… Je t'ai menti…

– Comment ça ?

– Je t'ai menti. Je ne suis pas une prostituée. Je suis une actrice. J'ai déjà joué au théâtre, au cinéma… Je suis à l'affiche d'un film de Naciri qui sortira en salles bientôt. Je suis désolée, je t'ai trahi. J'avais trop envie de faire un film avec toi.

– C'est pas grave, Loubna. Mais on arrête là, ça ne va pas le faire. Je ne veux pas d'actrice, tu sais bien. Ce sera trop compliqué.

Nabil m'emmène sur le balcon. Je sanglote comme un bébé sans pouvoir m'arrêter et en répétant « Je t'ai trahi », les seuls mots que je parviens à prononcer entre deux hoquets. Il essaie de me calmer : « Ce n'est pas de la trahison, c'est un mensonge, fait à bon escient, et en plus tu ne l'as pas tenu longtemps ! » Il est décontenancé et réagit de manière paradoxale, en écho à l'état dans lequel je me suis trouvée moi-même en jouant devant lui la personne que je n'étais pas. Mon mensonge le touche parce qu'il voit que cela me rend malade, et il le séduit parce qu'il comprend que je n'ai pas tout inventé. Sur le fond, j'ai raconté la vérité : mon expérience profonde des quartiers populaires où j'ai évolué, mes conversations avec les femmes du hammam, ma relation aux gens de la rue, la rage de ce que j'ai vécu. Je suis rassurée de constater que Nabil n'est pas vexé ni fâché de s'être fait blouser : au contraire, cela lui a prouvé ma capacité à incarner le rôle. Ma prestation cauchemardesque serait-elle le départ de quelque chose ? Il me répète qu'il est décidé à s'en tenir à son projet de faire jouer de vraies prostituées mais tient à garder la porte ouverte. Il me dit : « Loubna, je ne veux pas bosser avec une actrice. Tu ne joueras pas, mais reste à mes côtés dans le projet, on verra comment tu trouves ta place. Tu me conseilleras. »

Je suis folle de joie. Je deviens la conseillère artistique de *Much Loved.* Je m'implique à fond dans la préparation du tournage. C'est comme si je me démultipliais : je contribue aux repérages, aux décors, aux costumes, aux maquillages. Le fait d'avoir côtoyé les prostituées rend mes conseils utiles concernant leur langage, leur manière de parler, le réalisme des scènes et des personnages. Il faut aussi en recruter qui acceptent de jouer dans le film et correspondent aux exigences de Nabil. Le directeur du casting rencontre des filles, qui à leur tour en amènent d'autres. J'en approche moi aussi. Celles que je connais déjà, d'autres dont je fais la connaissance : dans la rue, les cafés, les restos, les hammams, les salons de coiffure, les taxis, le train, partout. Je n'ai qu'une obsession : avoir avec ces femmes le plus de conversations possible pour les amener à un rôle ou tout simplement pour m'imprégner encore davantage de leurs histoires et de leur langage, afin d'affiner le scénario. Selon leur personnalité et la manière dont le contact se fait, je leur propose directement de tenter un casting. Soit : « On tourne un film, est-ce que ça t'intéresse de faire un essai et de rencontrer Nabil Ayouch ? Si tout se passe bien, tu peux jouer dans le film et c'est payé… » Ou bien je les aborde plus prudemment en me faisant passer pour l'une des leurs : « Tu n'aurais pas des clients à me prêter ? J'en cherche. » Quand je finis par tout expliquer, certaines me trouvent un peu folle.

Il manque quelque chose à mon expérience : les clients saoudiens. « Le riche saoudien » est un fantasme récurrent des prostituées marocaines, qui rêvent de se dénicher un mari susceptible de les arracher à leur condition. Les Saoudiens, de leur côté, sont très friands des Marocaines, réputées douces et aimantes. Et moi, je dois découvrir ce monde qui occupe une place importante dans le scénario de *Much Loved.*

Un chauffeur de taxi résout mon problème. Quand je monte dans sa voiture, il termine une course pour une autre cliente. Elle est assise à l'avant, je prends place à l'arrière. Le chauffeur et elle ont l'air de bien se connaître et je devine à leur conversation qu'elle est prostituée. Dès qu'elle descend, je poursuis sur le même thème avec le chauffeur : je cherche moi aussi des clients, de préférence saoudiens, lui dis-je. Est-ce qu'il ne connaîtrait pas une maquerelle à qui je pourrais m'adresser ? Ni une ni deux, il prend son portable et appelle une amie à lui : « Dis donc, j'ai une fille dans ma voiture qui cherche des clients, ça t'intéresse ? Elle est super belle, tu vas gagner une fortune avec elle ! Je lui passe ton numéro. »

Le jour même, je téléphone à la maquerelle. Elle me fixe rendez-vous dans un salon de coiffure du centre-ville, dans le quartier du Guéliz, qui lui sert manifestement de bureau. Elle a une petite cinquantaine d'années, des cheveux blond platine, la peau mate, habillée avec une certaine classe, mince, pas vulgaire mais couverte de bijoux. L'allure d'une femme qui a de l'argent et qui trompe bien son monde sur sa profession. Je commence à lui dire que j'aimerais travailler pour elle quand des filles du salon me reconnaissent : elles m'ont vue jouer dans un téléfilm. Elles me questionnent tout naturellement : « Pourquoi tu veux faire ça ? Tu ne gagnes pas assez comme actrice ? » Je suis gênée. L'affaire se complique.

J'invite la maquerelle à me suivre ailleurs, dans un café, pour parler tranquillement. Là, je lui dis la vérité : je prépare un film et je voudrais entrer dans une soirée avec des Saoudiens, juste pour avoir une idée de la manière dont ça se passe. Elle rigole et fait non de la tête. Puis oui, quand je sors 5 000 dirhams (500 euros) et que je lui fais mon offre : « Si tu me protèges pendant la soirée et que tu me fais raccompagner chez moi, c'est pour toi. » Marché conclu. Elle m'explique : « Tu dois faire en sorte de ne pas leur plaire, sinon tu auras des ennuis. » Je connais le goût des Saoudiens : ils aiment les femmes hypermaquillées avec des cheveux longs, noirs et très lisses, les bijoux et les robes à paillettes kitsch, bref, tout ce que je déteste. Je mets une robe toute simple et je laisse tomber naturellement mes cheveux frisés, sans maquillage. Puis je me rends sur les lieux : un palais dans Marrakech, pas loin de celui où nous tournerons plus tard une fameuse scène de *Much Loved*. La soirée des Saoudiens, dans le film, sera calquée sur celle à laquelle j'assiste, mais a minima : la réalité aurait été trop scandaleuse.

La maquerelle m'introduit dans une grande pièce où attendent quelques dizaines de filles. Je me mélange à elles avec ma petite robe et mes cheveux défaits. Cinq Saoudiens arrivent dans leur tunique blanche, tête nue. Ils ont entre trente et soixante-dix ans environ. D'un geste du doigt, ils sélectionnent vingt ou trente filles. J'ai l'honneur d'en faire partie malgré mes efforts pour ne pas leur plaire. On commence par dîner tous ensemble autour d'une table dans une salle à manger moderne. Il y a du whisky, de la vodka, pas de vin – les Saoudiens trouvent ça bas-de-gamme –, mais d'innombrables bouteilles de bière de marques différentes. On passe ensuite à côté, dans un grand salon kitsch qui ressemble à une discothèque avec lumière diffuse et musique arabe à fond. Ils sont un peu bourrés et ils mettent leur keffieh blanc d'émir sur la tête.

Je me fonds dans le décor, comme si de rien n'était. Je parle avec les filles. Elles ont entre treize et dix-huit ans. Des bébés ! Je suis de loin la plus vieille. Je danse. À celles qui me reconnaissent, je dis que je suis à la fois actrice et prostituée pour arrondir les fins de mois. Un Saoudien entame la conversation avec moi et me fait part de son étonnement : « C'est la première fois que je rencontre une Marocaine qui sait penser et parler, me dit-il. Tu es très moche, mais tu es intelligente, j'ai envie de t'essayer. » Les chambres se trouvent à côté pour ceux qui veulent « consommer ». Je lui réponds : « Ce n'est pas une bonne idée : toi tu es trop beau, trop génial, trop intelligent ! J'aurais trop peur de tomber amoureuse de toi. Reste avec les autres ! » Je suis ironique et je me moque de lui mais il prend mon faux compliment au pied de la lettre et commence à insister lourdement pour m'inviter à dîner. J'envoie vite fait un texto à la maquerelle. Elle vient me chercher et une voiture me conduit chez moi comme convenu.

Entre-temps, j'ai pris le numéro de téléphone de plusieurs filles. Je les appelle le lendemain, je les invite chez moi, je leur dis la vérité : j'ai besoin de les écouter, et si elles sont intéressées, elles peuvent passer un casting. Elles me racontent leur vie. On parle pendant des heures, elles restent dormir chez moi, on pleure beaucoup en discutant toute la nuit jusqu'au petit matin. Certaines se prostituent uniquement pour pouvoir ressembler à des stars en s'achetant un sac Chanel ou une robe Jean Paul Gaultier. D'autres le font pour fuir la maison familiale où un père, un oncle, un frère les ont violées. Pour les plus nombreuses, dans un état de grande pauvreté, c'est la seule solution pour faire vivre leur famille. Elles n'osent pas l'avouer. Elles mentent et s'inventent un autre métier pour justifier l'argent gagné. Elles me font part de leur rêve, toujours le même : avoir un mari, des enfants, une splendide maison, un salon marocain, changer la décoration et les tapis au moins trois fois par an, pouvoir montrer à toute la famille qu'elles sont propres et respectables. Voilà ce qu'est une femme idéale : c'est ce qu'on nous met dans la tête.

Au bout d'un an de travail, le casting est presque terminé. Mais personne pour jouer le rôle principal, celui de Noha, personnalité complexe qui prend le groupe de filles sous son aile. C'est le plus difficile. Nabil est en quête d'une femme forte, lumineuse, ayant du charisme, aussi capable de gaieté… À quelques semaines seulement du début du tournage, prévu pour novembre 2014, il croit enfin tenir la bonne personne : une prostituée de Salé, près de Rabat. Mais au dernier moment, celle-ci se rétracte. Elle n'a pas confiance en elle, ne veut pas entendre les compliments sur son jeu et ce que les uns et les autres murmurent sur les risques encourus l'effraie. Elle renonce. Il ne reste maintenant plus que quatre jours avant le tournage. Le rôle de Noha est toujours sans actrice.

Je repars en éclaireuse, à la rencontre de nouvelles filles auxquelles je propose de tenter un essai. Quelques-unes acceptent, Nabil les reçoit de nouveau, une à une. La première ne lui convient pas, la deuxième non plus. Ni les deux suivantes. La personnalité ne lui suffit pas, il a besoin de sentir le talent. Mais ce n'est pas leur métier, qu'est-ce qu'il s'imagine ? Ses exigences et son insatisfaction permanente commencent à m'énerver. Au dernier moment, Camélia, l'assistante-réalisatrice, m'appelle : « Viens au bureau. Nabil veut te faire repasser un test. »

Je refuse. Je ne veux plus jouer le rôle.

Je connais le scénario par cœur, les scènes de nudité m'intimident. Je me méfie de moi-même et de ma manière d'être actrice, de m'impliquer totalement : quand je suis dans un rôle, j'y suis à cent pour cent et avec celui-ci je vois trop où cela peut m'entraîner. Un fatras de pensées se bouscule dans ma tête : la scène de sexe toute nue, l'idée de ne pas être à la hauteur, la réaction des Marocains, les risques de l'après-film… J'ai la trouille. Je vais voir Nabil et je lui dis : non. Je ne veux pas. J'ai peur.

– Tu es vraiment bizarre… Tu as tout fait pour avoir ce rôle, et maintenant que j'accepte, tu dis non !

Le coproducteur, Éric Poulet, m'appelle au téléphone dans la minute. Je m'isole sur la terrasse, on parle pendant une demi-heure. Il me dit : « Réfléchis. Tu t'es battue toute ta vie, tu mets toute ton énergie à défendre les femmes, à t'engager dans des associations, à aller leur apporter du soutien dans les montagnes… et là, tu as l'opportunité d'aider non seulement les Marocaines mais des millions de femmes dans le monde arabe, et tu te dégonfles ! » Je me mets à sangloter à nouveau. De retour chez moi, je téléphone à la terre entière pour demander conseil, du moins à tous ceux que je connais dans le milieu du théâtre et du cinéma. Je commence par mon ancien prof Hassan Hamouch. Il entend ma panique et me dit : « J'arrive. » En l'attendant, j'appelle des acteurs et des actrices. Ils me répètent tous la même chose : « Ne fais pas ça. Nabil Ayouch va te mettre dans la merde. Son film, c'est n'importe quoi. Il va gagner du fric et toi, en attendant, tu seras grillée au Maroc, tu ne travailleras plus jamais. »

Hassan Hamouch se présente chez moi. Sa voix sonne juste, il est calme et me dit tout le contraire : « Tu peux avoir toute confiance en Nabil Ayouch.

C'est un grand artiste, un très bon directeur d'acteurs. Tu seras excellente dans ce rôle, je n'ai aucun doute. Mais tu devras affronter les critiques des Marocains et ce sera très dur, peut-être plus qu'on imagine. Si tu ne penses pas pouvoir le supporter, abandonne. Si tu te sens capable d'assumer, fais-le. »

Je ne dors pas de la nuit. Je pense aux prostituées, à toutes ces femmes que j'ai rencontrées, qui m'ont fait pleurer, qui ne savent pas où va leur vie. Le lendemain matin, j'appelle Soukeina, l'assistante. « Je veux revoir Nabil. » J'arrive et je me plante devant lui. Il ne peut plus reconnaître la comédienne maladroite qui ratait ses tests, après la première audition. Je suis revenue transformée. Je joue devant lui avec conviction. Je sens en moi une force inébranlable. Une rage.

– Ok Nabil, je le fais.

– Tu es bien consciente de ce que ça suppose ?

– J'en ai rien à foutre. Je veux faire ce film. Je veux être Noha. Je serai Noha. Je suis Noha.

11

La scène

Je suis Noha et j'ai peur. Les scènes de sexe sont extrêmement rares dans ce film, *Much Loved*, qui parle pourtant du métier du sexe. Mais l'une d'elles fait l'objet d'une attention particulière au cours de l'écriture du scénario. J'en sais quelque chose. C'est celle entre Noha et Jean-Louis, l'amant français. Elle tranche avec les orgies organisées par les Saoudiens et l'humiliation qu'ils font subir aux filles. Elle raconte cet amour que le Français a envie de lui donner et qu'il lui offre, cet amour que Noha est incapable de recevoir et d'accepter, à cause de ce qu'elle est et de la honte qu'elle a d'elle-même.

Je n'ai jamais été nue devant une caméra. Je ne me suis jamais dévoilée comme je dois le faire maintenant, ce jour si important du tournage de « la scène ».

J'ai du mal à être dans mon corps, à le regarder, à l'admettre. Depuis mon enfance je n'arrête pas de rire et de faire du bruit, de gesticuler pour faire croire que tout va bien et pour cacher mes cicatrices, celles qui se voient et les autres. Nabil Ayouch repère immédiatement ce masque que je me suis fabriqué. Mieux : il m'apprend à l'enlever. Quelque chose en moi sonne faux, jusque dans ma voix, trop perchée dans les aigus. Il me fait faire beaucoup d'exercices pour travailler cette voix bancale, partir du ventre et de la gorge, explorer mes souvenirs intimes, revenir à l'origine de ma rage. Il déconstruit mon histoire et on repart de zéro. Il m'explique la liberté du corps qui commence par l'amitié du corps. Il m'oblige à rester longtemps devant la glace, toute nue. À toucher ma peau, à passer ma main sur mes cicatrices en me regardant dans le miroir. Moi, Loubna Abidar, femme marocaine dressée et programmée comme toutes les autres pour être une ratée, j'ai l'impression de repasser l'examen de ma naissance. On efface, on recommence. Je peux maintenant témoigner : sans les préjugés obscurs qui te plombent la tête, tout est nettement mieux. Nabil Ayouch change ma vie, non seulement en tant qu'actrice, mais en tant que femme. Il m'apprend à vivre avec mes cicatrices, à les aimer.

J'entre dans la peau de Noha à cent pour cent. Je suis cette usine d'amour qui ne reçoit rien, celle qui prend soin des autres filles perdues sans jamais rien attendre de personne, qui dissimule sa sensibilité sous l'humour et la force. Je pense sans cesse à « la vraie Noha », celle qui m'inspire : le jour où elle est arrivée au bureau de Nabil, pendant le casting, elle a fait l'effet de la foudre : il était évident que le personnage principal, ce serait elle.

« La vraie Noha » a vingt-neuf ans, l'âge que j'ai dans le film. Elle est forte, généreuse, sympathique, drôle, piquante, grande, belle, mince, comme mon personnage dans le film. Elle a de longs cheveux noirs, comme les miens dans le film. Je ne sais plus comment Noha est arrivée jusqu'à Nabil. Originaire de Safi, une ville de la côte atlantique proche de Marrakech, elle travaillait comme prostituée à Agadir pour nourrir ses parents, ses frères et sœurs et son enfant dont elle ne connaissait pas le père. Quand elle s'est présentée au casting, son intelligence m'a frappée tout de suite. Elle n'était pas comme les autres, ne serait-ce que par son âge, au-dessus de la moyenne. On l'aurait embauchée sans hésiter mais elle a décliné la proposition. Trop peur des réactions de la société. Trop intelligente, somme toute. Elle avait cette phrase : « Le cinéma, c'est soit pour les stars, soit pour les femmes normales. Moi, je suis la reine des putes ! » Quand je lui téléphone, je lui dis toujours : « Bonjour, madame la reine des putes ! » Elle rigole. Elle prend ça comme un compliment.

La plus belle chose que Nabil et moi avons entendue sur le film, c'est aussi Noha qui nous l'a dite, après une projection : « C'est la première fois que quelqu'un montre qu'on existe et qu'on n'est pas des fantômes. » Sans elle, *Much Loved* n'aurait pas été *Much Loved*. C'est elle qui a inspiré mon personnage. Elle a participé aux dialogues.

Aujourd'hui, « la vraie Noha » s'en est sortie. Comme elle le souhaitait, elle s'est mariée avec un Saoudien qui lui a acheté une maison au Maroc rien que pour elle, alors que lui vit à Riyad. Le rêve ! Elle est libre, elle n'a pas de problèmes d'argent et plus personne ne songe à dire qu'elle est une pute. On s'en amuse ensemble : ne l'est-elle pas autant que je l'étais à Paris avec Claude ? Dans le regard des hommes, ce n'est pas pareil : ils s'acharnent stupidement à faire une différence entre les prostituées normales, c'est-à-dire « sales » et irrécupérables selon eux, et les prostituées « halal », qu'ils appellent des « dames » : des prostituées bien comme il faut, qui ne bousculent pas les préjugés et les idées fixes et les soi-disant dogmes religieux qui pourrissent leurs têtes. Je répète et j'insiste : quelle est la différence entre une prostituée qu'on traite comme une pute et une prostituée qu'on respecte ?

L'histoire de Noha et des autres filles m'habite pendant le tournage et le rend très compliqué pour moi : je suis à la fois actrice et consultante, mon rôle est aussi de m'occuper des prostituées du film. Elles ne connaissent pas la discipline du métier, ne se réveillent pas à l'heure. Se disputent. J'habite avec elles et je les materne autant que Noha le fait dans *Much Loved*. Elles me racontent leurs parcours. Il arrive que certaines de leurs amies se joignent à nous, soulagées de pouvoir témoigner en confiance sur ce qu'elles endurent. L'une d'elles me bouleverse. Elle a une vingtaine d'années, vend son corps et hait les hommes. Son petit garçon de quatre ans est à la fois son frère et son fils : elle l'a eue avec son père qui l'a violée. Elle n'a pas voulu contribuer au film. Pour elle comme pour les autres, jamais je n'ai insisté. Pour être honnête, chaque fois qu'une fille refusait de jouer, comme Noha, je me disais au fond de moi : « Elle est intelligente. Le peuple marocain n'est pas encore prêt à se voir dans un miroir. »

Et moi, l'idiote, j'ai dit oui.

C'est le moment. Je me sens mal. Dans une heure, on a rendez-vous pour tourner « la scène ». Je m'enferme dans ma chambre, je prends une vodka, je me mets sous la douche, je laisse l'eau couler et je pleure toutes les larmes de mon corps. Je me prépare à l'abattoir, je pense que je serai salie pour toujours.

Le tournage a lieu à l'étage au-dessus, dans la même villa, celle que nous habitons avec toutes les filles de l'équipe depuis le début du tournage et même avant. C'est une immense demeure avec un jardin et une piscine. Ma chambre et trois autres sont situées au sous-sol, ainsi qu'un hammam. Le rez-de-chaussée comprend la cuisine, trois vastes salons, le jardin et la piscine. À l'étage se trouvent des chambres, dont celle qui doit servir pour « la scène ».

Ce jour-là du tournage est le seul où je n'ai rien fait, rien suivi. D'habitude, je ne manque pas une vérification avec l'assistante-réalisatrice : la feuille de service, le décor, le maquillage, les costumes, les figurants, les moindres détails. Mais là, je suis incapable de quoi que ce soit si ce n'est rester cloîtrée dans ma chambre à attendre.

Vers midi, je revêts mon costume de travail, en l'occurrence une nuisette rose, et un peignoir pardessus. Je monte à la cuisine et je me prépare un autre verre de vodka avec des glaçons. Ils font comme un son de cloche dans le verre, tellement je tremble. Encore un verre. Puis je monte à l'étage. On m'attend. Il y a un silence qui fait peur. Avant de passer au maquillage et à la coiffure, je demande à Nabil de faire sortir tout le monde dans le jardin : je ne veux personne dans la maison. On ferme les portes. Ne restent dans la pièce que Nabil et sa compagne Maryam, les quatre techniciens de la caméra et du son, Virginie, la directrice de la photo, et Camélia, l'assistante-réalisatrice. Et puis, bien sûr, l'acteur Carlo Brandt, mon « amant français » avec qui je dois interpréter la fameuse scène. On a déjà tourné deux scènes ensemble mais aucune de cet ordre. Nabil me rassure : le tournage ne durera que quelques minutes. « T'es prête ? » Moi : « Bien sûr. » J'ajoute même, vantarde : « Prête, comme toujours. » Je lui cache tout de ma panique.

Mon partenaire est assis sur le lit, moi debout devant lui. La voix de Nabil : « Moteur demandé, c'est quand vous voulez les amis. » Puis : « Action ! » Mon partenaire commence à me toucher et à embrasser mon ventre. Je me mets à trembler comme une feuille. Nabil : « Coupez ! » Moi : « Pourquoi ? » Nabil, agacé : « C'était nul. On ne dépense pas autant de temps et d'énergie pour préparer une scène et voir ça ! On aurait dit que tu faisais de la danse orientale. C'est encore mieux dans n'importe quel téléfilm. Trouvez une harmonie entre vous. »

On reprend. Je me sens toute rouge, je bous, je transpire. Quand l'acteur s'approche et m'embrasse, je craque. Je me mets à pleurer. « Coupez ! » Une pause. On recommence. À nouveau, je pleure. « Coupez ! » Je n'ai que ce mot-là dans les oreilles. Le tournage de quelques minutes est parti pour durer plusieurs heures.

Nabil : « Bon, je veux tout le monde dehors. Vous quittez la pièce. » Même l'acteur s'en va. Nabil reste seul avec moi. Il me prend la main : « Écoute Loubna, j'ai une fille, je suis papa. Je t'aime beaucoup et pour rien au monde je ne te ferais du mal. Cette scène ne sera pas sale. Crois-moi. Elle est importante et tu seras infiniment belle. Tu ne trahis personne, tu es une grande actrice, tu dois assumer ton travail. Je ne te laisserai pas abîmer ton rôle. Si tu veux qu'on arrête pour aujourd'hui et qu'on tourne demain, tu me dis. Mais on ne gâche pas ça. » Je dis ok. Il va chercher la maquilleuse, rappelle l'équipe. Mon partenaire, gentiment, prend le temps de m'expliquer qu'il est marié depuis des années, qu'il respecte sa femme et que ce travail n'a rien à voir. « Ce n'est pas toi, c'est Noha », me dit-il. Histoire de lui répondre quelque chose, je lui déclare solennellement que j'ai quelqu'un dans ma vie dont je suis très amoureuse. Je me sens cruche. « Ça va aller, tout va bien », m'encourage Nabil.

On se remet en place. « Action ! » On tourne la scène. Les quelques minutes me paraissent durer mille ans. Je prie pour entendre le « Coupez ! » qui marquera la fin de l'épreuve.

« Coupez ! » C'est fini. J'enfile mon peignoir. Nabil vient vers moi pour me remercier. Je ne le regarde même pas. Je quitte la pièce en répétant mécaniquement « excusez-moi » à ceux que je croise, je m'enferme dans ma chambre, je pleure comme une madeleine et je m'endors jusqu'au lendemain. Je ne sais pas encore que cette scène fondamentale de *Much Loved* n'a pas fini de me faire souffrir.

12

Le bruit et la fureur

Mai 2015. *Much Loved* est sélectionné au Festival de Cannes dans le cadre de la Quinzaine des réalisateurs. Cannes ! Je vais monter les marches avec Nabil Ayouch au milieu des gens de cinéma, des stars dans des robes sublimes… Même dans les rêves auxquels nous jouions avec mes cousines à la ferme, même dans mes vœux adressés à la lune, allongée dans le pré des moutons, je n'avais jamais osé formuler un pareil enchantement, celui que désirent toutes les actrices de la planète. Mais les Marocains ne me laisseront pas vivre ce moment. Le tourbillon ne m'emportera pas. Cannes restera une parenthèse glacée, le souvenir d'un vertige et d'un écœurement.

J'ai mis un caftan couleur fuchsia, très chic, pour la projection du soir. La salle est immense, pleine de monde. L'affiche est celle de *Much Loved*, pas des Spice Girls. Je ne suis pas à Casablanca ni à Marrakech mais bien au Festival de Cannes. Les émotions se bousculent dans ma tête pendant que défile sous mes yeux ce film pour lequel j'ai tant donné, souffert et pleuré. Quand apparaît le générique de fin, le silence est effrayant. Pourquoi ce silence qui n'en finit plus ? Mais soudain un tonnerre d'applaudissements résonne. Tous les spectateurs sont debout. De longues minutes pendant lesquelles j'entends pêle-mêle des « Bravo ! », des « Quel courage ! », des « Magnifique ! ». Je regarde Nabil. Une soirée « *Much Loved* » est organisée sur la plage. C'est magique. Nous sommes tous heureux.

Le lendemain matin, au réveil, ma vie bascule. J'ouvre ma page Facebook et c'est un choc. Un torrent d'insultes. Des menaces de mort. Une vidéo montrant des centaines de personnes manifestant à Rabat contre le film, Nabil et moi. Des photos de moi agrémentées de commentaires ignobles. Des extraits du film falsifiés et montés avec des bouts de vidéos porno. Les « amis » de mon compte Facebook me faisant part de ma trahison et de leur envie de me tuer, oui, de me tuer. Les sites des journaux marocains, déchaînés. On me reproche les gros mots que je prononce dans le film, mais ceux-là sont mille fois pires. Je prends tout en pleine figure, sans rien comprendre.

Je file au salon rejoindre l'épouse du producteur, qui loge avec moi dans l'appartement. Elle est au courant du désastre. Elle me regarde avec des yeux désolés, sans savoir quoi dire. Je lui demande de supprimer mon compte Facebook et je sors de l'appartement comme un robot pour la fameuse « montée des marches », avec Nabil. On ne parle de rien tous les deux. On monte les marches. Ce moment qui devrait être le plus merveilleux du monde est un cauchemar. Les questions se bousculent dans ma tête. Qu'est-ce que je fais là ? Qu'est-ce qui m'a pris de donner tant de moi-même pour un film qui ne sert qu'à me salir et me détruire ? Je me sens vide, ratée, nulle. Je rentre à l'appartement, je fais ma valise.

À l'aéroport, l'accueil que me réserve l'hôtesse de Royal Air Maroc me laisse deviner que je ne suis pas au bout de mes peines. En me tendant ma carte d'embarquement, elle me jette un regard haineux : « T'as pas la honte ? Pourquoi tu nous as fait ça ? Tu détestes ton pays, tu détestes les femmes de ton pays ! Et nous on te déteste aussi ! »

À l'arrivée à Casablanca, c'est le douanier qui s'y met. Il prend mon passeport, me fixe avec dégoût : « Retourne en France ! Tu nous mets la honte avec ton film. Tu nous as insultés devant les Français. Reste chez eux, tire-toi ! » J'essaie de toutes mes forces de ne pas m'effondrer. Partout autour de moi, les gens m'envoient des pierres avec leurs yeux. Un groupe manifeste devant l'aéroport en hurlant mon nom.

Un ami, Adil, me guette dehors avec sa voiture.

– Qu'est-ce qui se passe, Adil ? Je ne comprends rien.

– Je te dépose chez toi. Tu es dans une merde totale. Qu'est-ce que tu vas faire de ta vie ? Tu vois la manif ? Ce n'est rien à côté de ce qui t'attend. Des acteurs et des actrices ont commencé à te cracher dessus sur internet. Prépare-toi.

Adil a raison, le pire est à venir. Le mal que m'ont fait les médias marocains, jamais je ne le leur pardonnerai. Abidar devient le-nom-qui-fait-vendre. Chaque jour je lis, j'entends, je vois un torrent d'insultes et de rumeurs folles à mon sujet. Le site et la chaîne de télévision Chouf TV se révèlent les plus abominables. Ils filment le quartier où habite ma grand-mère et dévoilent son adresse en prétendant que j'y habite. La pauvre femme est harcelée. Je les appelle pour leur ordonner d'y mettre fin, je les supplie d'avoir pitié de cette vieille femme qui n'y est pour rien, d'autant que je n'habite même pas chez elle. Ils ont l'ignominie de me répondre : « Soit tu nous accordes une interview, soit on continue. »

Rien ne les arrête. Ils font jouer des inconnus qui affirment être mon frère ou mon cousin et se lamentent que je les déshonore. Ils montrent des images de lapidation d'une femme en niqab dont on voit à peine le visage en faisant croire que c'est moi. Ils en utilisent d'autres d'une femme tabassée par des Arabes dans le métro parisien, en prétendant à nouveau que je suis la victime et que c'est bien fait pour moi. Cette vidéo dans le métro suscite des millions de vues uniquement parce que la femme porte une frange identique à celle que je portais un an plus tôt, et que la ressemblance paraît crédible. C'est un feu d'artifice ininterrompu, vertigineux, destiné à me rendre folle. Ils disent : « Loubna a été vue ici, là, elle était habillée comme ci, comme ça, elle se trouvait aujourd'hui en Turquie avec une perruque noire… » Ils affirment n'importe quoi sans aucune vergogne. Quand les médias sont guidés par la volonté du mal, ça fait peur.

Je ne sors pas de chez moi. Dans un placard, je retrouve une burqa, gardée d'un précédent tournage. Une idée me vient : déguisée ainsi, je peux au moins sortir quand vraiment je n'en peux plus d'être enfermée. Quand Bernardo est occupé, Adil vient parfois me chercher avec un de ses copains. J'enfile ma burqa, on fait un tour, on mange des keftas dans la voiture, on écoute de la musique, on bavarde. Adil croit me réconforter en me répétant qu'une nouvelle vie débute pour moi. Il me dit : « Tu verras, ce sera difficile mais tu es forte et à la fin tu ne vas gagner que du bonheur. » Cette phrase a le don de m'énerver. Je pars au quart de tour : « Quel bonheur ? Ça veut dire quoi le bonheur ? Le bonheur c'est pour les hommes, tu ne comprends rien ? » Ces escapades à trois finissent généralement assez mal. Il vient toujours un moment où les deux garçons me sortent un truc du genre : « Quand même, avoue que tu as exagéré avec ce film… »

Ce sont chaque fois des scènes surréalistes : moi recouverte de ma burqa, assise à côté de ces deux types en jeans et chemise qui m'expliquent que je ne suis pas assez musulmane ! On tourne vite en rond. Ils me disent que je suis inconsciente, qu'on n'a jamais vu une actrice marocaine jouer des scènes comme celles-ci. Je leur rétorque que les hommes ont édicté des lois dans le seul but de profiter des femmes, et qu'ils aillent se faire foutre. On s'enflamme, ça dégénère, je pleure, ils crient, je crie, Adil me dépose chez moi, je regrette d'être sortie. Le lendemain, il revient me chercher et on recommence.

Je tourne en rond. J'ai beau aimer la maison que j'ai pu acquérir grâce à mes téléfilms, avec son grand salon blanc et son jardin fleuri, elle est devenue ma prison, mon enfer. Bernardo s'isole dans son bureau à l'étage. J'enrage toute seule au rez-de-chaussée, à ne trouver rien de mieux à faire que fumer, éplucher des légumes pour le repas, regarder frénétiquement internet et la télévision tout en sachant que ce que j'y lirai contribuera à me rendre folle. Le plus blessant est d'entendre tous ces acteurs et actrices avec lesquels j'ai travaillé participer à l'hallali et déclarer qu'ils souhaitent ma mort. L'une recommande « la chambre à gaz pour Loubna Abidar ». D'autres dispensent des conseils fourbes ou lâches : « Demande pardon d'avoir fait ce film ; dis que Ayouch t'a menti, qu'il t'a fait tourner la tête, que tu regrettes… » « Non, je leur réponds. Ayouch ne m'a pas menti, j'ai voulu faire ce film, j'en suis fière, je ne regrette rien. »

Le ministre marocain de la Communication a mis le feu aux poudres. Dès la présentation du film à Cannes, il a interdit sa diffusion dans le pays, sans l'avoir vu et sans même respecter la procédure habituelle de censure, sous prétexte qu'il comporte « un outrage grave aux valeurs morales et à la femme marocaine, et une atteinte flagrante à l'image du royaume ». De fil en aiguille, c'est une pluie de flèches venimeuses qui s'abat sur nous. Une association de défense des droits des citoyens nous intente un procès, à Nabil Ayouch et à moi. Elle sera déboutée en 2016 mais les chefs d'accusation rejoignent et alimentent la rumeur publique : « prostitution », « incitation à la prostitution », « incitation à la débauche de mineurs », « proxénétisme », rien que ça. Une minorité agissante composée de certains journalistes, artistes et sites francophones me défend faiblement. Les féministes ? Je ne les entends pas. Les intellectuels ? Muets. Elles/ils se réveilleront… plus tard.

Moi qui adore mon pays, ma ville, la fête, je m'imagine naïvement que mes copines, mes amis, mes proches vont débarquer chez moi pour me soutenir. À la place, je subis leurs insultes, leurs grossièretés, leurs condamnations publiques. Au mieux – ou au pire, je ne sais pas –, certains disparaissent de ma vie sans commentaire. Je constate avec stupéfaction qu'Adil est de fait, avec Nabil Ayouch, mon seul et unique ami au Maroc. Adil est un jeune homme correct qui fait partie de la classe moyenne. Son père est ouvrier, sa mère femme au foyer, ils ont poussé leurs enfants dans les études et lui-même est diplômé en management. Sans être très investi dans la religion, il est bon croyant et attaché aux traditions, ce qui rend son soutien d'autant plus admirable et précieux.

Ma famille me lâche aussi. Mon frère et ma sœur, que j'ai élevés, sont choqués et me battent froid à cause d'un film qu'ils n'ont pas vu mais réprouvent. Ma mère, qui ne l'a pas vu non plus, est au désespoir. Je ne leur en veux pas, je sais ce qu'ils subissent à cause de moi, je préfère m'éloigner. Je n'avais prévenu personne que je travaillais sur ce film. Ma mère le découvre quand les voisins et les amis, toujours bien intentionnés, lui rapportent les photos de moi et les commentaires diffusés sur internet. Elle tombe des nues. Et eux lui tombent dessus : « Est-ce que tu vois ce qu'est devenue ta fille ? Une pute ! La honte ! » Ma mère refuse de jeter un œil sur les photos tout en me les reprochant. « Pourquoi as-tu fait ce film ? Pourquoi Ayouch t'a obligée à faire ça ? C'est la honte ! Tu me mets la honte ! Tu nous mets la honte à nous tous ! » À croire que ce mot de « honte » est le seul qu'ils connaissent, tous autant qu'ils sont. À ma mère comme aux autres, je réponds : « C'est mon choix, Ayouch ne m'a obligée à rien du tout, je suis d'accord avec lui. Tu me dis que c'est la honte ? Moi je te dis que c'est ma fierté d'avoir participé à *Much Loved*, un grand film. »

Cette discussion avec maman, peu avant Cannes, jette un froid. Nous ne nous parlons plus. J'entends dire qu'elle n'arrête pas de pleurer, qu'elle ne sort plus et ne voit plus personne. Elle tombe malade. Elle a des problèmes respiratoires, ses yeux la brûlent, elle peine à les ouvrir. Le jour où la télévision me filme en train de monter les marches du Festival de Cannes, elle recouvre la vue un bref instant avant de retrouver l'obscurité dans laquelle elle préfère rester plongée. Dans les journaux, à la télé, dans les souks, au hammam, tout le monde ne parle que de moi, que de « ça ». On la désigne du doigt en chuchotant « la mère d'Abidar », d'un air écœuré. On lui dit de faire attention à elle, que la police va venir l'arrêter, que les terroristes de Daesh débarqueront chez elle pour casser sa télévision, et la tuer, et tuer sa fille. Etc.

Ma petite Luna subit les répercussions de l'opprobre jeté sur moi. Dans notre quartier de Marrakech, pourtant résidentiel et chic, elle devient le souffre-douleur des enfants des voisins qui ne peuvent s'empêcher de tester sa résistance aux rumeurs : « Mes parents, ils disent que ta mère est une pute ! » Luna a six ans. Elle a beau être très mûre, parler parfaitement quatre langues (arabe, français, anglais et portugais) et avoir un caractère d'une force incroyable, elle en a marre. Elle ne veut plus jouer avec eux. Même sa maîtresse d'école s'est moquée d'elle en lui glissant des insinuations du genre : « Ta mère, tu sais ce qu'on dit d'elle… » Son père a dû intervenir auprès de la direction.

Après Cannes, je n'en peux plus. Ils m'ont eue. Je tombe en dépression. Je n'ai plus qu'une idée :

trouver quelque part dans le monde une place tranquille où je pourrai me suicider. Je passe mon temps dans les avions et à errer de ville en ville pour chercher l'endroit idéal et en finir. Casablanca, Paris, le Brésil, Bruxelles… Nulle part je ne suis en paix. J'essaie une dernière destination : Sebta. Une ville du sud de l'Espagne où je suis souvent allée en vacances avant mon mariage parce qu'elle est proche du Maroc et que la vie n'y est pas chère. Je reste à l'hôtel. J'aurais été mieux en prison, car des « amies » ont la délicate attention de m'envoyer quotidiennement sur WhatsApp toutes les horreurs que véhicule internet sur moi. Doucement, l'idée du suicide s'éloigne tout de même. Je fais venir ma fille. Mon mari Bernardo me soutient indéfectiblement et encaisse sa part d'insultes sans se plaindre. Mon fidèle ami Adil m'appelle tous les jours. Nabil aussi. Il me donne des nouvelles réconfortantes du film, qui est acheté en France et dans plusieurs festivals. Je me réjouis pour lui comme si j'y étais étrangère. Je me dis qu'il a de la chance d'être un homme et de ne pas savoir ce que je ressens, moi qui ne suis qu'une actrice ratée capable seulement de faire du mal à sa famille.

À la fin du mois d'août 2015, je me ressaisis. Je dois me préparer pour le Festival du film francophone d'Angoulême. Mon moral n'est pas au plus haut mais je suis saisie par la gentillesse qui m'entoure. Il y a là des actrices que j'admire comme Isabelle Carré, des acteurs, des gens de cinéma, des Français aux petits soins qui me respectent comme une comédienne professionnelle, loin de l'image que me renvoient de moi la plupart des Marocains avec leurs insultes et leur mépris. À dîner, je retrouve Nabil et sa compagne, tout sourire. Ils ont peut-être eu vent de la bonne nouvelle à laquelle je suis loin de m'attendre. En entendant mon nom au micro, je manque en effet de défaillir : le prix Valois de la meilleure actrice est décerné à... Loubna Abidar !

Je reviens au Maroc transformée. Le trophée remporté à Angoulême est mon talisman et marque le début d'une série : un mois plus tard, j'obtiens le Bayard d'or de la meilleure comédienne au Festival international du film francophone de Namur, en Belgique. Puis en février 2016, une nomination pour le César de la meilleure actrice en France.

Après Angoulême, j'arrive à l'aéroport de Marrakech fin août, heureuse et inquiète. En attendant mes bagages, j'aperçois mon frère et ma sœur qui m'attendent. Bizarre. Ils ont des roses à la main et me félicitent. Je les serre dans mes bras en pleurant. Dans la voiture, je leur trouve un air un peu étrange et le mystère continue devant la maison, où la porte du jardin est déjà ouverte. Sur le seuil, des femmes m'accueillent avec des dattes et du lait : chez nous, c'est le signe que tu es la bienvenue. À l'intérieur, ce sont plusieurs dizaines de femmes qui poussent des cris de joie... Il n'y a pas un seul homme, juste les copines de ma mère, les femmes du quartier et ma petite Luna. Mon mari Bernardo a été invité à aller je ne sais où. Mon frère nous laisse, lui aussi. Normal : ici, en dehors des fêtes de mariage et de l'Aïd, on ne se mélange pas.

Maman se tient au milieu du salon. Trois mois que nous étions fâchées. Elle se précipite pour me prendre dans ses bras et on reste comme ça, enlacées, au milieu de la foule des femmes qui lancent des youyous. Elle pleure. Moi non. Je pleure quand j'ai trop mal et que je n'en peux plus. Je pleure quand je ne trouve pas de solution. Il m'arrive aussi de pleurer de joie après avoir souffert, mais pas là. Je ne m'attendais pas à cet accueil et je ne me rends pas bien compte de ce qui m'arrive. J'ai honte de croiser le regard de ma mère, sachant tout ce qu'elle a entendu sur moi, tous les mensonges que les médias ont rapportés et qu'elle a plus ou moins crus, les insultes qu'elle a subies à mon sujet, tous les ragots ignobles que ses copines, toutes présentes et qui m'embrassent comme si de rien n'était, ont colportés. Du statut de traînée, je suis passée à celui d'héroïne, par le seul miracle d'un prix français.

J'ouvre ma valise et je lui tends mon trophée, une statuette en or qui pourrait presque ressembler à un Oscar. Ma mère se prend la tête dans les mains. Elle se remet à pleurer, serre la statuette contre son cœur, l'embrasse, part faire le tour du salon pour la montrer à tout le monde, pour que ses amies voient que sa fille est désormais une actrice célèbre, une grande dame, qu'elle n'a pas été tuée, battue, emprisonnée, qu'elle a reçu un trophée de la France ! Luna me regarde. Je suis fière qu'elle soit fière. Maman continue sa tournée, pose le trophée sur sa tête et se met à danser, à tournoyer, à chanter, et ce sont bientôt cinquante femmes qui dansent et tapent dans leurs mains et s'empiffrent de gâteaux toute la nuit, jusqu'au petit matin.

13

L'outrage

Marrakech, janvier 2016. J'ai mis une casquette Nike jaune et de grosses lunettes de soleil, des baskets, un sweat-shirt en poils synthétiques qui remonte jusqu'en haut du cou. Je n'ai dégoté que ce déguisement pendant ce séjour clandestin où je suis venue voir ma fille, ma mère, mon mari, ma grand-mère malade.

Le trophée d'Angoulême et la fête chez maman n'ont pas suffi à calmer les esprits et à effacer la haine à mon égard, loin de là. J'évite de sortir de chez moi, sauf pour aller au hammam et là, exceptionnellement, à une terrasse de café. La burqa est trop pénible, je n'y arrive plus. Comment font-elles pour respirer avec ce truc ? J'ai essayé une fois la perruque à frange blonde mais même avec les lunettes ça n'a pas marché : comme j'en ai porté une similaire dans des téléfilms, les passants m'ont tout de suite reconnue. Mon nouvel essai a l'air plus concluant : cette casquette de mon mari aux couleurs du Brésil, jaune pétant avec un peu de vert, obtient l'effet de masque escompté. Les lunettes de soleil de pin-up ne sont pas très assorties mais au moins, habillée comme ça, les hommes arrêtent de me mater comme s'ils me crachaient au visage. Ils me matent parce qu'ils me trouvent moche et ridicule, et pas pour chuchoter entre eux « Regarde, c'est Loubna Abidar ! » Ça me repose. Je marche tranquillement. Je peux même prendre le temps de sortir une cigarette brune et tirer une taffe lentement, comme j'aime, en plissant les yeux.

La nuit tombe. Il suffit que j'enlève mes lunettes de soleil un instant pour que ça recommence. Si ces deux hommes croient que je ne les entends pas, que je ne les vois pas… Ils viennent de se donner un coup de coude et de se retourner :

– T'as vu ?

– Ouais, mais c'est pas elle.

– Si j'en suis sûr. Je te jure que c'est elle !

Je m'installe à la terrasse du café, ma casquette sur la tête. Un peu à l'écart de la médina, il n'y a pas trop de monde et surtout des étrangers. On me fiche la paix. Quel bien-être ! Adil est là. Mon seul ami. Le seul à m'avoir soutenue. Le seul qui ne m'a pas tourné le dos. Le seul à ne pas m'avoir dit que je lui donnais « la honte ». La pratique de l'islam est pourtant importante dans sa famille, encore plus que chez moi. Lui-même, croyant sans pratiquer assidûment, garde un fond traditionnel sous ses airs modernes. Il est ambivalent. Je le taquine :

– Si tu me présentais à tes parents, ils en mourraient ! Ils ont vu mon film ?

– Personne n'a vu ton film au Maroc, et pour cause, il a été interdit ! Mais je l'ai déjà dit, les extraits que j'ai vus sur internet m'ont choqué. Tu es mon amie, je te soutiens et je continuerai à te défendre, mais je n'approuve pas ce que tu as fait.

– Qu'est-ce qui te choque au juste ? La prostitution est une réalité dans le monde entier. Le tourisme du sexe est une réalité. Surtout au Maroc ! C'est gênant que les prostituées du film soient sympathiques ? Qu'elles aient plus d'amour à donner que les clients qui les utilisent ? Que je me sois plongée complètement dans ce rôle ? Qu'est-ce qui te gêne ?

– Tu fais ton travail d'actrice, je n'ai rien à y redire, ça ne fait pas de toi une prostituée. Quand on est acteur, on joue des rôles. Que tu sois une prostituée ou une criminelle ou quiconque dans un film ne me gêne pas. Mais les scènes choquantes, je ne suis pas d'accord. Tu m'as dit que certaines séquences sur internet avaient été trafiquées, que ce n'était pas toi sur les images porno. Je te crois.

Mais il reste que voir une femme nue, ça ne convient pas à notre culture, à notre façon de vivre. Je te l'avais déconseillé. On est dans une société qui n'accepte pas ça facilement…

Ça y est. Ça va recommencer comme dans la voiture, quand je portais ma burqa pour me cacher, qu'il m'emmenait faire des tours dans Marrakech avec son copain et qu'on finissait toujours par s'engueuler sur cette histoire. Je n'ai pas vraiment envie de m'énerver ce soir. L'air est doux. Personne ne me regarde. Je suis si bien sur cette terrasse, à siroter mon coca à la paille. Je prends sur moi pour rester calme avec Adil.

– Tout le monde a une idée définitive sur le film alors que personne ne l'a vu. Tout le monde a décidé que je suis une pute parce que j'apparais dans une scène de sexe. Je me demande s'il y aurait eu autant de scandale sans les réseaux sociaux. Paradoxalement, c'est un film très pudique, mais le fait de faire tourner en boucle des extraits et de pouvoir donner son avis a déchaîné les cerveaux.

– Si je ne te connaissais pas, j'en ferais partie. Je serais un de tes détracteurs. Je sais qu'il y a des gens intelligents pour dire que c'est un progrès que le cinéma ose montrer le sexe. Moi j'estime qu'il faut s'adapter à une époque et à une culture et ne pas franchir les étapes trop vite, sans phase transitoire.

Quand c'est trop rapide ou trop en avance sur l'époque, c'est choquant. Nous ne sommes pas habitués à ça. C'est bien de faire avancer les mentalités, mais le faire dans les limites et le respect de la tradition, c'est plus efficace.

Là, il me cherche. Il a le don de m'agacer sur ce sujet. Je pose mon verre de coca sur la table, je me redresse et je le toise en croisant les bras.

– On en revient toujours à la même chose avec toi ! Tu veux garder une tradition où les lois sont faites pour vous les hommes, pour votre liberté à vous seuls, pour votre plaisir à vous seuls, pour nous utiliser quand ça vous chante. Qu'as-tu de mieux que moi pour m'imposer tes lois ? Je voudrais bien le savoir.

– C'est la religion qui est la source de nos lois mais je suis d'accord que les coutumes sont aussi fortes que la religion. Si les femmes n'ont pas les mêmes droits au Maroc, c'est plus une affaire de coutumes. Je ne dis pas que ça ne doit pas changer. Je dis que, sachant cela, le réalisateur aurait pu traiter le sujet sans ces scènes choquantes. Je ne vois pas ce que ça apporte.

– Il n'y a qu'une seule vraie scène de sexe et elle est hyperimportante. En effet, jamais au Maroc un film destiné au grand public n'avait montré le sexe de la femme de manière aussi crue, avec des dialogues aussi forts. Je comprends que ça choque. Mais ce n'est pas seulement pour ça que le film fait scandale. Il dérange parce qu'il montre les habitudes des clients saoudiens, et le Maroc n'a pas trop envie de fâcher l'Arabie saoudite. Il dérange parce que c'est moi. Nabil Ayouch a été lui aussi insulté, menacé de mort, traité de sale juif. Mais moi je représente pour eux un affront supplémentaire. J'ai toujours dit publiquement les choses que les hommes ne voulaient pas entendre sur leur rapport tordu au sexe des femmes. Ils sont trop contents d'avoir un prétexte de me faire la peau parce que je n'ai jamais fermé ma gueule. Et les journalistes sont trop contents d'avoir trouvé le buzz de leur vie. Je les rends fous parce qu'ils sont obligés de regarder ce qu'ils sont. Pour en revenir à la scène de sexe, encore une fois elle est très belle parce que c'est une scène d'amour.

– Elle dure combien de temps ?

– Une minute.

– Une minute, c'est trop. Pourquoi montrer l'amour par une scène de sexe ? Ce n'est pas la peine. Dans notre culture et nos coutumes arabo-musulmanes, le sexe et le corps nu de la femme sont tabous. C'est à respecter comme chaque pays respecte ses lois et nos lois à nous sont divines. On n'accepte pas de voir une femme toute nue. Même moi je ne l'accepte pas. Dans les films étrangers c'est différent, j'admets qu'ils se le permettent puisque c'est dans leur culture. Nabil Ayouch a raison d'évoquer le quotidien des prostituées, c'est important. Mais le sexe, non. C'est à éviter.

– Tu ne comprends pas que la vision du réalisateur est un tout. La scène dont je parle veut beaucoup dire parce qu'elle révèle la relation inégale et honnête de Noha avec le Français, qui quitte sa femme et sa fille pour elle. On voit comment il la regarde, la touche, ce qui se dégage de son cœur. Les prostituées sont des femmes normales. Elles savent aimer, être aimées, faire l'amour. Même jouir. Et c'est aussi en choquant qu'on fait bouger les choses. Après le film, beaucoup de prostituées ont pris la parole à visage découvert sur les réseaux sociaux. Une m'a appelée pour me dire : « Merci, grâce à toi j'ai compris que je suis une femme et je vais essayer de faire autre chose de ma vie. »

– D'accord pour aider ces femmes, pour expliquer ce qu'elles vivent ! Mais il y a la possibilité de ne pas le montrer de cette façon. Et on a vu le résultat : ton agression… C'était programmé. Je m'y attendais.

14

L'agression

Je me trouve intelligente d'avoir fixé cette date du 6 novembre 2015 pour aller à Casablanca. Ce jour-là, le roi Mohammed VI se rend dans les provinces du Sud pour commémorer les quarante ans de la « Marche verte » des Marocains sur le Sahara espagnol. D'après mes calculs subtils, cet anniversaire d'un conflit sempiternel entre le Maroc et l'Algérie devrait logiquement avoir un effet collatéral sur ma petite personne : le roi attirera dans le Sahara la meute des journalistes occupés à le suivre. Et s'ils sont tous là-bas, ils me ficheront la paix ailleurs.

J'ai des robes à acheter à Casa en prévision de deux festivals : celui de Gijón, en Espagne, où *Much Loved* est en compétition, et celui de Carthage, en Tunisie, où il doit sortir en salles. En ce mois de novembre, je commence à récupérer. J'ai reçu deux fois le prix de la meilleure actrice, en France et en Belgique. Les critiques parues sur le film et sur moi dans la presse européenne et américaine sont dithyrambiques. J'ai bon espoir : les Marocains finiront par reconnaître que leurs médias colportent des rumeurs absurdes, que je ne suis ni prostituée ni ambassadrice de films porno mais simplement une actrice ayant joué dans un grand film qui porte une vision éclairée de la société marocaine.

Mon optimisme relatif ne m'empêche pas d'être sur mes gardes. Depuis Cannes, je vis presque clandestinement. Je limite mes sorties. Pas de café sauf rare exception, pas de restaurant, pas de cinéma, pas de marché, pas de lieu public, pas de bus, pas de train, pas de promenade dans la rue. Pas encore de burqa ni de déguisement, mais un quotidien en retrait du monde, autant que possible. Même les taxis, j'évite. Quand je dois aller à Casablanca, la ville où tout se passe en matière de commerce, de culture, de business, de vie – ce ne sont pas les 500 kilomètres aller-retour qui dissuadent les Marrakchi de s'y rendre pour un oui ou pour un non – mon mari Bernardo m'y conduit en voiture.

Pour choisir mes robes et faire tranquillement la tournée des designers de mode, ce 6 novembre si ingénieusement choisi, nous prévoyons de quitter Marrakech avec Bernardo dès la veille. Le 5 au matin, on dépose Luna à l'école, on fait quelques courses et on prend la route pour Casa. Un banal accident de la circulation dans la ville chamboule nos plans. La voiture est trop défoncée pour prendre la route. Comme elle est à mon nom, je dois faire le constat, attendre la police... Des heures passent à ces bêtises. J'ai beau m'être interdite de prendre le train, je me résous à le faire. Bernardo, lui, reste à Marrakech.

Il est environ 21 heures quand j'arrive en gare de Casablanca. J'ai tout prévu : je dors chez une copine de ma mère et quelqu'un doit venir me chercher. Il est en retard. Je l'appelle, il ne répond pas. La nuit est déjà tombée. Ne me sentant pas de rester debout devant la gare à l'attendre, je m'engage à pied dans la rue avec mon sac à la main et ma petite valise. Je marche sur le trottoir de droite, en espérant choper un taxi. Une grosse voiture noire me dépasse. Un peu plus loin, elle s'arrête. Ce n'est pas un taxi. Elle recule dans ma direction... J'accélère et je me parle à moi-même : « Continue. Continue à marcher. »

Il y a la musique à fond. Trois hommes à l'intérieur, deux à l'avant, un à l'arrière. Une trentaine d'années, habillés à la marocaine, chic et modernes.

La voiture s'arrête à ma hauteur. Le conducteur baisse sa vitre :

– *Temenyetoun* !

Le mot du malheur. Je sais à quoi m'attendre. « *Temenyetoun* » veut dire « huit » en arabe. C'est surtout le nom de la figure de danse que Noha, mon personnage dans *Much Loved*, pratique avec efficacité devant ses clients saoudiens. Les séduire en traçant devant eux un huit avec ses fesses est sa spécialité. Depuis la polémique sur le film, ce mot de « *temenyetoun* » fait le buzz. C'est devenu un symbole, une insulte, un nom de code, un mot de passe dans le langage de la drague : « Tu danses le *temenyetoun* ? » Je marche sans me retourner, en accélérant le pas.

– Viens la faire sur ma bite, salope…

Je tourne dans la rue perpendiculaire. La voiture me suit. L'un des types descend, m'attrape par les cheveux et me balance sur la banquette arrière. La voiture démarre.

Je me retrouve assise derrière, entre les deux. Ils me frappent. Celui de gauche m'envoie un coup de tête sur l'arcade sourcilière gauche. Je me protège la tête autant que je peux avec mes bras qui prennent les coups. Quand ils arrêtent de cogner c'est pour attraper une bouteille d'alcool et boire au goulot. Ils puent. Ils gueulent : « À cause de toi, pute, j'ai même pas envie de me faire une fille de mon pays. » « À cause de toi, je ne peux plus supporter de voir une femme, vous me dégoûtez toutes. » « Ton putain de film… Ma mère n'est pas comme toi, ma grand-mère n'est pas comme toi, t'as mis la honte aux femmes de mon pays. » « Si ma femme accouche d'une fille, je la tue. T'as mis la honte à toutes les filles du Maroc. »

Ils se calment tout d'un coup. Le conducteur a arrêté la voiture. Il lance aux deux autres :

– C'est bon, ça suffit. Jette la chienne dehors. Ouvre la porte.

– On la viole d'abord, quand même !

– Violer quoi ? Violer cette merde ? Elle a le sida, elle a baisé avec tous les Saoudiens et tous les Européens qui viennent chercher leurs putes ici.

J'attends qu'ils aient fini leurs « négociations ». Le conducteur l'a visiblement emporté sur les deux autres : après trois ou quatre minutes, ils me jettent hors de la voiture. Ils n'ont pas ouvert mon sac, ni pris mon portable ou mon porte-monnaie, rien. Trop occupés à me frapper et à m'insulter. Je suis jetée comme une merde loin de la ville. Il fait noir, du sang coule sur tout mon corps, je marche pendant une dizaine de minutes, hagarde. Un taxi passe. Je le hèle. Le chauffeur est méfiant, je le supplie :

– S'il te plaît, conduis-moi à une clinique. Pas un hôpital public, une clinique. La première que tu trouves.

Il me dépose. À l'entrée de la clinique, la personne chargée de la sécurité me barre la route. « Toi, tu ne rentres pas ! » Je n'en reviens pas. Je crie comme une sauvage : « T'as pas la honte ? Tu dois me laisser passer ! Je saigne de partout, on doit me soigner ! » Lui : « Il y a plein d'autres cliniques, t'as qu'à y aller. La vérité, ici on veut pas de problèmes avec les journalistes et la police. » Dégoûtée, je prends un autre taxi. Direction une autre clinique. Je paye, je descends. J'entre. À la réception, la fille de permanence me toise et me lance : « On n'a pas de médecins ici qui soignent des gens comme vous. Il faut aller à l'hôpital public. »

Je me retrouve à nouveau dans la rue. Je suis perdue, incapable de parler. Je sanglote. Cela fait une heure que le sang dégouline sur mon visage et je ne sais pas d'où, j'ai mal et je ne sais pas où, je ne sais même pas ce qu'ils ont abîmé. À quoi je ressemble ? M'ont-ils défigurée ? J'ai peur pour mon visage, essentiel dans mon métier. En marchant, je passe devant une troisième clinique. Je n'essaie même pas de rentrer. J'appelle Nabil Ayouch, son portable est éteint. Je saute dans un taxi pour aller jusque devant chez lui, il n'est pas là. Personne ne répond ce soir. La seule amie que je réussis à joindre au téléphone, je lui murmure ces quelques mots : « S'il te plaît, aide-moi, je suis perdue... » Je passe mon portable au chauffeur. J'entends la voix de mon amie qui lui ordonne de m'emmener au commissariat central.

Une fois au commissariat, je laisse filer le taxi. Sur le seuil, le policier en faction m'observe d'un air narquois. Il se met à rigoler. Il se fout de moi.

– Abidar ! Enfin tu es là ! Oooh, ils t'ont frappée ? Est-ce qu'au moins ils t'ont violée ?

Il éclate de rire. Ses collègues se marrent aussi. Je lis dans leurs yeux la joie de me voir couverte de sang. Je fais leur bonheur. J'ai l'impression de rejouer une scène de *Much Loved*, quasiment identique. À croire que nous avons eu une intuition prémonitoire en l'introduisant dans le scénario.

Je pénètre tout de même dans le commissariat. Il y a là les bourrés du quartier, des prostituées arrêtées, des policiers en civil devant leur ordinateur. Je m'accoude sur le comptoir :

– Bonjour...

Pas de réponse. Je récidive :

– Vous pouvez m'aider ?

Le policier, sans faire l'effort de lever la tête :

– Va t'asseoir là-bas.

– Je suis en train de mourir…

– Tu restes ou tu t'en vas. Il y a plein de gens qui attendent.

Je sors mon téléphone pour rappeler mon amie. Il coupe court.

– Pas de téléphone ici. Interdit.

Je m'assois à côté des bourrés. Le seul fait de me voir là les met en joie. « Putain, y a Loubna Abidar ! » Ils n'arrêtent pas de se marrer et de rivaliser en blagues fines.

– Hé Abidar ! Tu sais je me suis bien branlé en regardant tes vidéos…

Etc.

Je me lève. Je sors. J'appelle maman à Marrakech, je lui déballe tout en vrac, elle panique, ne comprend rien. « Reste là, ne bouge pas ! » me dit-elle. Moi : « Rester où ? Avec les bourrés ? Les drogués ? »

Je préfère ne pas inquiéter Bernardo, resté seul avec Luna, et je me réfugie chez mon amie. Je regarde dans la glace mon visage tuméfié. Le sang continue à couler de l'arcade sourcilière. Je me soigne, je parle, je pleure, je crie, je hurle. Mon stock d'insultes n'est pas suffisant pour qualifier autant que je le voudrais les médecins qui m'ont rejetée, et surtout les policiers. Je n'ai pas de preuves, mais je suis convaincue que les trois types qui m'ont agressée dans la voiture étaient de la police. N'est-ce pas étrange qu'ils se soient trouvés dans cette rue déserte pile au moment où je sortais de la gare ? Nul ne savait que je prenais le train, excepté les personnes que j'ai appelées sur mon portable et… celles qui éventuellement écoutaient ma ligne. N'est-ce pas étrange qu'ils aient paru si peu surpris de me voir arriver au commissariat, comme s'ils m'attendaient ?

Avant de dormir, j'enregistre une vidéo de moi avec mon visage défoncé et je la poste sur internet. C'est un message au roi : « Je ne peux plus vivre comme ça dans mon pays. Je n'ai rien fait de mal, seulement un film qui n'est pas contre le Maroc ni contre les femmes. Alors je vous donne quarante-huit heures : je voudrais que le roi Mohammed VI voie le film. Après on peut parler. Si personne de son entourage ne m'appelle et ne trouve une solution pour moi, si je ne peux pas être en sécurité dans mon pays, je quitte le Maroc et je pars définitivement pour la France. »

Là-dessus, je m'endors. La vidéo fait le buzz. Le lendemain, je me rends compte que m'adresser au roi n'était pas approprié. Je présente mes excuses. Le flot d'insultes a repris de plus belle sur le net. Je lis : « Loubna Abidar, je rêve que quatre pitbulls te coincent dans une ruelle et te déchiquettent. » Et des milliers de phrases de ce genre, accompagnées chaque fois de milliers d'autres qui approuvent.

Avant de rentrer à Marrakech, je passe voir Nabil Ayouch chez lui, pour lui raconter ma nuit.

– Je te soutiens, prends soin de toi. Tu dois aller déposer plainte.

– Mais contre qui ? Auprès de qui ? Comment ?

Il propose de m'accompagner à la clinique et au commissariat, d'appeler son avocat, mais je n'en peux plus. Il est temps que je parte. En sortant de chez lui, je retente ma chance dans une clinique, sans trop y croire. Étrangement, je suis accueillie. Un médecin s'occupe de moi.

De retour à Marrakech, je fais ma valise. Je dis au revoir à Bernardo et à Luna, qui doit rester là pour l'école. Je file vers l'aéroport, j'achète un billet et je prends le premier avion pour la France.

15

Aux femmes et aux barbus

Je n'ai jamais voulu habiter loin du Maroc. Au Brésil, avant la naissance de Luna, alors que nous avions une belle maison au bord de l'océan, il me manquait la couleur rouge de ma ville, le jus d'orange de la place Jemaa el-Fna, les confidences de ma masseuse au hammam, la rumeur des souks qui emplit les rues de la médina, les rêves de mes cousines, l'hospitalité et la chaleur des voisins aux portes toujours ouvertes, les rigolades et les engueulades autour du tagine. Je suis retournée au Maroc et le Maroc n'a pas voulu de moi. Il ne veut pas de la femme que je suis et de ma liberté à l'affirmer. Je suis maintenant réfugiée en France où l'on m'accueille comme jamais aucun pays ne m'a accueillie, où l'on me célèbre comme jamais je n'ai été célébrée. Mon Maroc me manque. Mais entre lui et moi, ça n'a pas marché.

Le plus dur est passé. Ma mère fait mijoter un couscous de poulet dans la cuisine. Je suis venue voir ma famille en catimini à Marrakech, en ce début de janvier 2016. L'appartement n'a pas changé, avec ses pièces en enfilade et ses coussins brodés. La petite télévision en plastique orange a été remplacée par un grand écran noir et plat. La porte d'entrée est toujours la même. Je rejoue la scène une fois de plus, à lancer des coussins imaginaires à mon père qui n'existe plus, devant maman qui se tient la tête. Elle arrive à rire de bon cœur maintenant. Mon père édenté erre comme un fantôme à l'étage au-dessus sur la terrasse, dans le cagibi qui lui sert de chambre. En montant contempler les toits de la ville, j'ai vu que le cadenas était mis, signe sans doute qu'il est sorti chercher sa came. Je n'aurais pas trop aimé tomber sur lui.

On s'installe dans le salon sur les banquettes autour de la table. Ma mère apporte un immense plat rond plein de couscous. Ici pas besoin de lunettes ni de casquette Nike pour me déguiser. Nous sommes si contents de nous retrouver ! Il y a ma sœur Marwa, mon frère Hamza et mon frère adoptif Driss, un enfant pauvre des voisins que maman élève chez nous depuis qu'il est petit. Ils m'ont tous fait la tête et tourné le dos au temps de *Much Loved*, ils ont tous eu honte de moi, ils en ont tous bavé à cause de moi. Mon frère a dû arrêter le foot parce que mon nom et le sien, Abidar, était devenu une insulte sur le terrain. Ma mère n'oubliera jamais les mots qu'elle a entendus, ni les crachats qu'elle a reçus. C'est du passé. Autour du couscous, on n'arrête pas de rigoler. Les histoires sur moi qui nous faisaient crier et pleurer deviennent maintenant des blagues. Ma sœur en raconte une dernière : hier, elle patientait dans une salle d'attente et le médecin est venu la chercher. Il a appelé tout haut : « Abidar ? » Quand elle s'est levée pour traverser la pièce, elle a senti des paires d'yeux écarquillés braquées sur elle. Elle entendait chuchoter de tous les côtés : « C'est pas elle, si ? » « Tu as vu ? » « C'est elle ! » « Non, je crois pas, celle-là, elle est grosse ! » Ma sœur rit, mon frère rit, ma mère rit, je ris. On reprend du poulet à pleines mains.

Il en a fallu, des prix, des honneurs et des articles de la presse internationale sur *Much Loved*, pour en arriver là. Pour qu'ils admettent que je n'étais pas ce que les médias marocains avaient fait de moi. Dans la cuisine, à la fin du dîner, ma mère m'avoue : « Avant ton film, je ne me posais pas de questions, j'avais une vie normale. Après, j'ai eu très mal, j'ai souffert, les paroles des gens et leur regard sur moi m'ont rendue malade. Mais j'ai compris beaucoup de choses aussi. J'ai ouvert les yeux sur les mentalités. Je suis heureuse que tu aies quitté le Maroc et que tu vives en France, dans un monde neuf et compréhensif. Ce n'est pas le mien, c'est trop tard. Mais pour toi c'est mieux. Tu trouveras la paix. Inch'Allah. »

Ma mère est heureuse que je quitte le Maroc et que sa petite-fille adorée, ma fille Luna, me rejoigne. Elle est heureuse que je me sépare d'elle et de mon pays que j'aime. Il y a un problème. Alors je m'adresse à vous, messieurs les barbus et autres hommes sous votre coupe, qui vous servez des mentalités pour asseoir votre pouvoir et écraser les femmes.

Messieurs les barbus, arrêtez vos salades et votre hypocrisie. Vous n'êtes pas des musulmans. Vous nous dites que la prostitution est interdite, que l'homosexualité ne saurait exister, qu'il ne faut pas boire de l'alcool ni voir le sexe des femmes, ni penser au sexe des femmes, ni même deviner le sexe des femmes sous un habit trop court. Mon pays musulman, encore sous influence des lois musulmanes même s'il est de ce point de vue l'un des plus avancés du monde arabe, est un grand consommateur d'alcool, un grand consommateur de sites pornographiques, l'une des destinations favorites du tourisme sexuel, y compris homosexuel.

Vous me traitez de pute parce que j'ai exercé mon métier d'actrice dans un film que vous n'avez pas vu mais qui ne vous plaît pas. C'est très bien, ça ne me dérange pas, j'ai grandi avec cette idée. Pute, c'est un mot que je n'entends même plus, tant je l'ai entendu. Pour ma grand-mère, élevée sous votre influence comme tout le monde ici, tu mets une jolie robe tu es une pute, tu as un petit copain tu es une pute, tu vas seule au cinéma ou au café tu es une pute, tu as envie d'être différente tu es une pute. Alors si maintenant je suis une pute parce que je suis une artiste reconnue dans le monde entier sauf chez vous, vous comprendrez que ce n'est pas grave.

Je suis fière d'être une prostituée tel que vous l'entendez, messieurs les barbus. Une femme libre est une pute, une femme guerrière est une pute ? Je vous l'annonce solennellement, droit dans les yeux : je suis une pute. Et vous, vous avez inventé un nouvel islam qui est fait de n'importe quoi. Mon islam, c'est de laisser chacun vivre sa vie et suivre son chemin sans entamer la liberté des autres, de ne faire de mal à personne et de faire du bien quand on le peut. Voilà l'islam que je pratique. Je crois à ce que dit le prophète Mahomet, pas à l'islam d'aujourd'hui qui opprime les femmes et la liberté de penser.

Maintenant que je peux exercer le métier que j'aime, être actrice, raconter les histoires avec mon corps, je ferai en sorte de ne pas être inutile. Je veux donner une voix aux femmes qui n'en ont pas et qui se sont résignées à subir leur vie parce que les traditions, la religion et la société leur interdisent d'imaginer une autre issue. Je veux me battre pour qu'elles ne soient pas doublement punies par les hommes d'avoir perdu une virginité que ces mêmes hommes leur ont fait perdre. Je veux aider les jeunes filles prostituées à arrêter ce « métier » et à retrouver une vie normale. Je veux leur dire d'étudier, de travailler, d'être libres, de dire ce qu'elles pensent et de n'avoir peur de rien. De construire leur vie pour elles-mêmes et pas pour lui, l'hypothétique mari, d'être belles pour elles avant de l'être pour lui.

Chaque fois que tu entends « Inch'Allah », pense plutôt « Inch'Ana ». En arabe, « *Ana* » veut dire « Moi ». Dieu et les hommes n'ont pas le temps ni l'envie de changer le monde. Mais toi, mon amie, tu peux. Inch'Ana.

16

Merci

Merci à la France de m'avoir accueillie et acceptée comme je suis.

Merci à Lubna Azabal, Camélia Montassere et Roxane Arnold, mes trois femmes belge et françaises, mes trois mères, mes trois sœurs, grâce à qui je suis debout. Merci tout particulièrement à Camélia, qui m'a hébergée en France.

Merci à Bernardo, mon mari solidaire.

Merci à Adil, mon unique ami au Maroc.

Merci à Nabil Ayouch de m'avoir donné le rôle de ma vie et d'avoir permis d'exister à des femmes que personne n'écoute.

Merci aux prostituées, qui m'ont appris à préférer la vérité du réel à la religion qu'on impose.

Merci à Luna qui porte le nom de la lune à qui j'ai confié tous mes rêves.

TABIE

Cet ouvrage a été composé
par PCA à Rezé (Loire-Atlantique)
et achevé d'imprimer en France
par CPI Brodard et Taupin
à La Flèche (Sarthe)
pour le compte des Éditions Stock
31, rue de Fleurus, 75006 Paris
en mai 2016

PAPIER À BASE DE
FIBRES CERTIFIÉES

Stock s'engage pour l'environnement en réduisant l'empreinte carbone de ses livres. Celle de cet exemplaire est de :
250 g éq. CO_2
Rendez-vous sur
www.editions-stock-durable.fr

Imprimé en France

Dépôt légal : mai 2016
N° d'édition : 01 – N° d'impression : 2022921
75-07-2338/2